KB070750

늙지 않기에 힘든 우리

이 책의 모든 이야기는 수많은 선생님과 어른들의 가르침을 빌려 채웠습니다. 그들이 앞서 걸은 길에 세워둔 표지판의 도움으로 저는 저의 길을 찾아 행복하게 걷고 있습니다. 그대들은 저의 구세주입니다. 감사합니다.

차례

아무도 춥고 어두운 동굴에 같이 살아 줄 순 없을
거야. 다른 누군가 들여온 횃불은 얼마 못 가 꺼질
수밖에. 이제 그만 여기서 나가자.

우리는 늙어서 힘든 게 아니라
늙지 않아서 힘들다

"언니, 저 마흔 살 넘으면 죽을래요."

"그래?"

"네. 나이 먹는 게 무서워요. 여기서 더 못생겨지는 것
도 싫고."

"젊고 이쁜 애가 그런 말 하니까 재수가 좀 없구나?"

"이쁘긴요. 언니가 이쁘게 봐주는 거죠."

"보이는 대로 보는 거지. 나이 먹는 게 무서워?"

"지금 제가 전혀 좋은 사람이 아닌데 나이 들어도 뭔가
그냥 나아질 거 같지가 않아요. 몸이랑 얼굴만 늙어가고
점점 더 외롭고 불행하게 살 것 같아요."

"저런... 마음이 불안하겠구만."

"진짜요. 시간이 너무 야속하고 못됐어요. 저 이대로

진짜 철없이 늙기만 하면 어떡하죠. 무서워요 진짜."

"맞아 무서워. 아직도 어른이 뭔지 잘 모르겠는데. 우리 어떡해야 될까?"

"몰라요. 우울해... 울고 싶다."

"잉, 울지 마."

"흑흑."

"음, 근데 어쩌면 시화 말대로 사람은 몸만 늙는 거 아닐까? 우리뿐만 아니라 모든 사람들 다 말이야."

"네?"

"사람의 정신은 늙지 않는 거 같아. 타협하는 거지. 자신의 건강이 안 좋으니까, 외모가 늙고 책임질 것도 많아지니까 이제 이건 못해, 저걸 하기엔 눈치 보이고 부끄러워, 이 나이에 저런 젊은 친구랑 엮이면 사람들이 뭐라고 하겠어, 이런 식으로 스스로 타협하는 거지."

"타협이요..."

"응. 사람이 아무리 나이 들어도 정신이 저절로 늙지는 않는 거 같아. 우리는 따로 어른이 되는 게 아니라 어른인 척하면서 조금씩 어른의 모습을 갖춰 가는 거 아닐까? 그 어른인 척을 자연스럽게 잘하게 되면 그 사람을 어른스럽다 할 수 있는 거고. 하지만 그 어른도 내면엔

소년 소녀를 그대로 간직하고 있는 거지. 단지 지혜와 여러 가지 내성 같은 게 쌓이면서 사람들이 말하는 어른이 되가는 거야."

"공감되는 거 같기도 하고. 근데 저는 학생 때랑 비교하면 지금의 정신이 좀 변하기는 한 거 같거든요. 물론 지금도 철없지만 그때는 진짜... 그래도 지금은 제 나잇값 아주 조금은 한다는 느낌이랄까?"

"그렇구나. 맞아. 사람의 정신이 변하긴 변하지. 그런데 그것도 엄밀히 말하면 나이 때문에 변한 게 아니라 여러 가지 경험과 성찰 덕분에 변한 거라고 생각해. 내가 나이 때문에 정신이 변했다고 생각이 들면 그건 나이가 들어서 변한 게 아니라 '나는 나이 들었어'라고 생각했기 때문에 변한 거지. 나이에 맞게 행동해야 한다는 자기 내면의 타협이랄까?"

"음... 그럼 저도 어쩌면 제 나이에 맞는 사람을 연기하고 있는 걸까요?"

"그럴 수도? 누구나 혼자 있을 때와 사람들 앞에 있을 때 다른 점이 있겠지. 그런데 만약 사람에게 자기 나이에 맞는 지혜와 성찰이 없다면 그 사람 나이에 맞는 자신을 연기하는 것조차 불가능할 거야. 그걸 우린 철없다

하는 거고."

"그런가? 그럼 어른이 된다는 건 평생 연기하며 살아 간다는 뜻?"

"사람이 연기를 오랜 시간 하게 되면 그게 결국 본연의 나에게도 영향을 주잖아. 어른이 되면서 나 자신을 잃었다는 사람들, 과거 순수했던 나로 돌아가고 싶지만 어떻게 돌아갈지 모르겠다는 사람들, 이런 사람들은 사실 자신을 잃은 게 아니라 오랜 시간 자기 나이에 맞는 사람을 연기하고 타협하다가 정말 그런 사람이 된 거지. 자기 나이에 맞는 성숙한 사람이. 이때 그 방향성이 안 좋은 쪽이었다면 소위 말하는 꼰대나 우울한 어른이 되는 거겠지. 그래서 경험과 성찰의 질이 중요할 거야. 같은 어른이 되더라도 성숙하거나, 녹슬거나 하니까."

"으흠... 근데 성숙해진다는 게 정신이 늙는 거랑 딱히 다른 점이 있을까요?"

"생각해 보면 나이와 성숙이 꼭 비례하진 않잖아. 어리지만 성숙한 아이, 늙었지만 애 같은 사람이 있는 거처럼. 예를 들어 육체가 너무 늙어서 여행도 못 가고, 연애도 못 하고, 새로운 배움도 찾지 않던 어떤 사람이 자고 일어났는데 갑자기 이십 대가 돼버렸다면 그 사람은 그래도 여전히 여행도 안 가고, 연애도 안 하고, 새로운 배움도 안 찾을까? 아니겠지. 그 누구보다 활동적으로 살겠지. 만약 그 사람이 정말 정신이 늙은 사람이었다면 갑자기 몸이 이십 대가 되더라도 여전히 아무것도 안 하려 들 거야. 사고력이나 기억력이 떨어지는 것도 뇌가 노화해서 생긴 육체의 문제이지, 정신의 문제가 아니잖아. 나만 해도 멀리 떠나서 배우고 싶은 마음은 굴뚝같은데 옛날 같지 않은 몸과 책임져야 할 상황들 때문에 머뭇거리고 있는 걸. 사람의 정신은 늙지 않는다고 생각해. 타협하거나, 성숙해지거나 할 뿐. 정신은 머리에 있는 게 아니라 마음에 있는 거 아닐까?"

"그럴까요? 음… 근데 정신이 엄청 성숙하다고 해서 막 몇십 살 차이 나는 사람하고 사귀진 않잖아요."

"그렇지? 그럼 이렇게 물어볼까. 시화 너가 이십 대 외모로 평생 살아가는 백 살 도깨비라고 치자. 만약 그런 너가 연애를 한다면 시화 너 나이에 맞게 백 년을 산 노인을 택할 거야?"

"아, 그렇게 말하니까 와 닿는다. 그러고 보니 드라마 같은 데서 몇백 살 먹은 귀신과 젊은 사람의 로맨스를 보면서도 막 이상하다고 느끼진 않잖아요. 외모 때문이겠죠? 어쩌면 사람들이 비슷한 나이끼리 사귀는 이유도 다 타협 때문일 수도 있겠네요. 사회적 시선도 무시할 수 없을 거고요. 그러고 보니 실제로 문화권에 따라 몇 십 살 차이 나도 아무 문제 없이 잘만 사는 부부들도 있잖아요."

"그러니까. 나이 든 사람이 너무 젊은 사람에게 더 이상 연애 감정으로 설레지 않는 이유는 아까 말했던 것처럼 타협 기간이 오래되어 그 타협한 정신이 본연의 자기가 돼서야. 실제로 나이에 비해 외모가 젊은 연예인 같은 사람들은 자기 외모처럼 나이가 어린 사람을 사귀는 경우가 더 많잖아? 굳이 타협할 필요가 적기 때문인 거지."

"그렇게 들으니까 좀 슬프네요. 평생 타협하기 싫다..."

"슬프지. 이런 말도 있잖아, 인생의 목적은 성숙하지 않기 위해 싸우는 거라고."

"아... 그거 맞는 거 같아요."

"하지만 우리 모두 결국엔 나이 들 테고, 나이 들수록 우리 정신은 그대로여도 포기해야 할 것들이 늘어가겠지. 우리는 늙어서 힘든 게 아니라 늙지 않아서 힘든 거야. 사람이 나이 들수록 단단해지는 건 단단해지지 않으면 버틸 수 없기 때문인 거지. 성장통이랄까."

"두려워... 그럼 언니도 마음 한편엔 어린 소녀가 살고
있어요?"

"아니."

"앗, 왜요? 정신은 안 늙는다면서요."

"사실 시장에서 아줌마 소리 처음 듣는 날 그 소녀는
달아났단다."

"뭐예요... 마음 아파..."

"농담. 나도 내 안에 소녀가 여전히 있다고 느껴."

"흑... 너무 슬플 거 같아요."

"왜? 언니는 행복해."

"힝."

"왜, 진짠데. 난 젊을 때보다 오히려 지금이 더 행복하
고 평온해."

"부러워요... 아니, 그게 아니라 전 진짜 언니처럼 단단
해질 자신이 없어서... 죄송해요."

"아니야. 젊을수록 힘든 부분도 얼마나 많은데."

"힝. 남들은 다 좋을 때라던데요..."

"그건 올챙이 적 생각 못 하는 거지. 젊은 게 좋아 보이
는 건 자기들의 성장한 관점으로 보기 때문이야. 젊음은

미성숙할 수밖에 없다는 걸 까먹고. 미성숙함으로 사는 젊음이 얼마나 막막하고 힘겨운 건데."

"아, 하긴... 사실 저도 학생 때 힘들었던 거 생각하면 좀 허탈하기도 해요. 지금 생각해보면 그렇게 큰일도 아니었는데..."

"맞아 나도 그랬었어. 나보다 어르신 분들이 보면 내가 하는 고민들도 귀여워 보이지 않을까?"

"그럴까요...? 근데 나이 들면 고민이 더 많아질 거 같기도 한데. 이것저것 신경 써야 할 것도 많고."

"그런 부분도 있긴 하지. 하지만 사람들에게 물어보면 젊을 때가 좋았다는 사람 만큼이나 지금의 자신이 더 좋다는 사람들도 많아. 나 역시 지금이 더 좋고. 나이는 들지언정 세상을 알아가면서 삶의 의미를 찾고 마음도 안정적으로 변하는 부분이 있는 거 같아."

"그래요? 음... 그게 바로 올바른 성숙이네요."

"그렇게 생각할 수 있겠네."

"언니 말 들으니까 조금 위로 되긴 하는데 그렇게 막 와 닿진 않는 거 같아요. 아직 제가 못 겪어봐서 그렇겠죠?"

"음, 이렇게 말해보고 싶네. 사람이 나이 드는 과정에서 분명 잃어가는 것들이 있지만, 그렇다고 잃기만 하는 건 아닌 거지. 세상을 해석하는 새로운 관점과 의미를 얻을 수도 있고, 그로 인해 과거에 집착하지 않는 마음의 평안을 얻기도 할 거야. 물론 젊음은 아름답고 젊을 때밖에 할 수 없는 일들도 있지만, 그런 것들에 집착하느라 성숙함에서 나오는 행복의 가치를 놓친다면 그 사람은 과거에 사느라 지금을 잃고 있는 거겠지."

"아... 중요한 건 성숙함이라는 거네요. 성숙해진 관점으로 세상을 재해석할 수 있다면 내가 기존에 가진 것들에 대해서도 새로운 의미를 부여할 수 있는, 약간 그런 느낌?"

"오, 맞아. 너무 좋은데? 그러기 위해서 우리는 좋은 것을 많이 보고 듣고 경험해서 성숙한 모습을 배워가야 할거야. 그렇게 배우며 살다 보면 정말 성숙한 사람이 될 거고, 좋은 사람이 되겠지. 아무리 나이 들어도 여전히 세상에 사랑할 거리를 찾을 수 있는 그런 사람이."

세상은 누군가를 돕고 싶어 한다

"늙지 않아서 힘든 거라는 말 좋은 거 같아요. 위로받았다."

"기쁘다. 나도 좋았어."

"희희. 정말 맞는 거 같아요. 만약 육체가 늙는 만큼 정신도 똑같이 나이 들도록 프로그래밍 돼 있다면 단순히 늙는다는 이유로 힘들진 않겠죠?"

"그렇겠지? 만약 나이 들어갈 때 노력하지 않아도 정신이 성숙해질 수 있다면, 또 무언가 억지로 타협하지 않아도 저절로 기계처럼 타협될 수 있다면 나이 때문에 힘들 일은 없을 거야. 우리가 나이 들면서 힘든 이유는 늙어가는 육체의 뒤꽁무니를 쫓아야 하기 때문이겠지."

"으음. 어쩌면 자기 육체 나이보다 성숙한 사람이 되는 게 행복해지는 방법 아닐까 하는 생각이 드는데요?"

"맞네. 그럴 수도 있겠다."

"살면서 항상 철들기 싫다고만 생각했었는데... 언니 말 듣고 나니까 뭔가 너무 막 살았나 싶고. 어떻게 성숙해져야 자살 안 하고 살려나. 책을 많이 읽어야 하나..."

"이 할머니 마음이 아프다."

"엑, 할머니라뇨. 저도 언니가 그렇게 말하면 마음 아파요..."

"아, 그러니? 미안해."

"아니에요. 제가 죄송해요. 오히려 제가 무슨 잘못 했는지 확 깨달았어요. 함부로 말 안 할게요."

"응. 알아줘서 고마워. 좋아하는 사람이 스스로한테 못되게 말하니까 내가 상처받는 느낌이네?"

"맞아요... 조심해야겠다."

"같이 조심하자. 책 이야기했었나?"

"네. 어떻게 성숙해져야 하나 이야기하다가..."

"으흠. 책 읽는 것도 훌륭하지. 아무 책보다는 다양한 감정과 생각이 드는 책이 좋을 거 같아."

"생각 많이 하게 하는 건 여행 가는 게 딱인데."

"여행도 좋지. 그런데 정말 뭔가를 느껴보려면 문화, 사상이 다른 곳에서 사람을 깊게 겪으며 그 상황을 책임져봐야 해. 그러지 않으면 여행도 단순한 쾌락적 소모일 뿐이야."

"그런가요? 아, 모르겠다. 어릴 땐 그냥 살면 저절로 어른이 되는 줄 알았는데. 아직도 저는 그냥 애예요 애. 응애!"

"사실 나도 그래."

"근데 언니, 언니 말대로라면 저는 십 대 때나 지금이나 그게 그거인 거 아닐까요? 철들기 위해 그닥 노력한 게 없는데..."

"그래도 시화가 겪어온 경험과 성찰이 있잖아. 그것들로 그만큼 성숙해졌지 않을까?"

"그럼 어쩌면 앞으로도 별다른 노력 없이 살아내기만 한다면 성숙해질 수 있는 거 아닐까요?"

"흠... 내 생각인데, 인생 전반기에 사람이 크게 성숙해지는 세 시기가 있는 거 같아."

"언제 언제요?"

"첫 번째는 사춘기 때. 호르몬 변화 때문에 우울감도 많이 느끼고, 내면에서 전쟁이 일어나는 시기잖아. 두 번째는 첫 사회생활이나 풋 연애를 하는 시기야. 어리숙한 사회생활과 연애는 깊은 자아 성찰을 하게 해주니까.

시화는 이미 두 시기나 겪은 데다가 삶에 대해 이런 진지한 고민도 하는 사람이니까 구태여 철들겠다 의식하지 않았어도 많이 성숙해졌을 거 같아."

"그럴까요? 세 번째는 언제예요?"

"육아. 아이를 낳고 키우는 건 우리가 할 수 있는 가장 경이로운 일 중 하나라고 생각해. 부모가 아이에게 주는 사랑이 헌신적인 사랑이라고 말들 하잖아? 하지만 아이야말로 부모에게 말로 표현할 수 없는 절대적인 사랑을 주는 시기가 있어. 되게 어릴 때. 부모가 뭘 하고 어딜 가도 부모만 찾고 부모만 부르는 시기. 신에게 사랑을 받는다면 이런 느낌일까, 라는 생각이 들 정도로. 그렇게 아이를 키우면서 웃고, 울고, 다짐하고, 타협하고. 육아야말로 내가 어떤 사람인지 뼈저리도록 깨닫게 해주는 부분이 있거든. 근데 시화는 아이 낳고 싶지 않다고 했었지?"

"그랬었죠... 제가 좋은 엄마가 될 거란 생각이 안 들어요."

"겁나?"

"겁나기도 하고... 무섭고. 음... 아이한테 너무 미안할 것 같아서요."

"그렇구나. 왜 미안할 거 같은지 물어봐도 될까?"

"저는... 사실은, 제 부모님한테 좋은 기억이 별로 없어서요. 제 부모님을 보고 자란 게 저라서, 제가 너무 힘들었어서, 미래의 제 아이가 걱정된달까? 저도 똑같은 부모가 될까 봐."

"어떡해, 너무 아프다... 힘들었겠구나 시화."

"괜찮아요 이젠. 저야 지금은 괜찮은데, 그렇게 괜찮아지는데 너무 오래 걸렸거든요. 그래서... 내가 정말 괜찮은 거 맞나? 외면하고 있는 거 아니야? 하고 저 자신을 못 믿겠을 때가 좀 있어요."

"그렇구나... 시화 너무 고생했네? 너가 모난 사람이 아니라는 게 대견하다."

"힝... 언니 저 울어도 돼요?"

"그래. 우리 같이 울자."

"언니가 왜요... 그럼 안 울래요. 여자나 울리는 사람이 될 순 없지."

"뭐래, 크크."

"헤헤."

"시화 이렇게 잘 버티고 살아낸 것만으로도 너무너무 훌륭한 거야. 나는 시화가 이렇게 스스로 성찰하고 헤쳐

나가려는 모습이 참 건강해 보여서 앞으로도 잘해나갈 거 같아."

"고맙습니다. 정말 그랬으면 좋겠다."

"혹시 극복하기 위해 어떤 노력을 해봤는지 이야기해 줄 수 있을까?"

"음... 부모님이랑 문제는 그냥 독립하고 시간이 지나니까 저절로 사라진 거 같아요. 미래 아기에 대한 걱정은... 그냥 꾸준히 걱정하면서 살고 있어요. 저도 모르게 보고 듣고 스몄을 본성이 저절로 사라지지는 않을 테니 시간이 해결해주긴 어려울 거 같고. 저 하나 챙기면서 살기도 힘든데 아이는 어떻게 키우나 싶기도 하고."

"그렇구나. 그럼 시화는 그 걱정이 최종적으로 어떻게 해결됐으면 좋겠어?"

"그러게요. 외면해버리면 사는 동안 꾸준히 제 자존감 깎아 먹을 문제란 생각이 들긴 해서 이리되든 저리되든 이 찝찝함? 답답함? 같은 게 풀리면 좋겠긴 해요. 심리 상담 같은 걸 받아보는 것도 괜찮으려나."

"좋지. 내 치유를 위한 심리상담도 좋고, 육아 전문가 같은 사람들이 쓴 책이나 영상 찾아보는 것도 괜찮을 듯한데?"

"육아 전문가요?"

"응. 왜냐하면 인생의 너무 큰 줄기를 결정하는 선택이잖아. 물론 난 시화의 마음이 아름다워. 아이 낳는 게 두렵다는 건 오히려 그만큼 책임감이 강하다는 뜻이니까. 대책도 없이 안 두려운 것보다 훨씬 멋있지. 단지 내 말은, 어떤 선택을 하더라도 잘 알고 이해한 다음에, 그럼에도 불구하고라는 생각으로 결정한 선택이 아니라면 남은 인생 사는 내내 '다르게 살았다면 어땠을까' 하는 미련을 벗어날 수 없을 거 같다는 거야."

"음... 진짜 그러긴 할 것 같아요. 안 하더라도 알고 안 하는 거랑 모르고 안 하는 거랑은 다르니까요."

"맞지. 솔직히 말하면, 나는 아이를 꼭 낳아야 한다고 생각하진 않아. 아이를 낳든 낳지 않든 결국 그것은 내 행복을 위한 결정이어야 해. 아이를 낳고 기르는 일이 너무나 경이로운 일이고 부모에게 큰 성숙함을 준다고 말했지만, 성숙도 결국 행복하기 위해 필요한 거잖아. 그런데 아이를 낳음으로써 나의 트라우마나 경제적 문제 같은 것들 때문에 오히려 불행해진다면 그 모든 게 의미 없는 거지. 그러니 시화에게 아이를 낳는 게 더 좋다고 말할 수 없어. 단지, 알고 선택하는 것과 모르고 선택하는 건 크게 다르니까. 아이를 기르며 살다 보면 분명 아이 없이 편하게 사는 사람들이 부럽게 느껴질 거야. 그런데 반대로 아이 없이 살다 보면 별로 대단할 것도 없어 보이는 평범한 가족들이 아이와 함께 산책하고 웃는 모습을 보며 부럽게 느껴지겠지. 그때는 내가 선택한 이 삶이 최선이었을까? 난 정말 저 가족들처럼 행복해질 수 없었을까? 정말 트라우마가, 정말 돈이 문제였을까? 하는 미련에 빠질 수도 있을 거야. 그래서 단순히 두려워서가 아닌, 확실한 이유를 더 철저하게 찾고 납득했을 때 선택했으면 좋겠어. 그래야 미래에 최대한 덜 후회할 테니까. 말했듯이, 인생의 아주 큰 줄기를 결정하는 선택이잖아. 요즘은 이런저런 전문가한테 상담받기도 쉽고, 그런 책들도 많은데다 다양한 전문분야 크리에이터도 많지? 그런 거부터 조금씩 찾아보는 것도 괜찮을 거 같아. 인터넷만 검색해도 여러 방면에서 날 도와줄 사람을 찾을 수 있으니 참 좋은 시대다, 하는 생각도 드네."

"흠."

"에구. 너무 과했나?"

"아니에요 전혀! 생각 좀 하느라. 언니, 저는 그냥 언니

만 있어도 좋을 거 같아요. 헤헤."

"그렇게 말해줘서 고맙지만 사람은 최대한 많은 사람들한테 의지하고 폐를 끼치면서 성장하는 거라잖아. 시화는 밝고 솔직해서 아껴주고 도와주고 싶은 사람 많이 만날 거야. 나는 옆에서 열심히 응원하는 역할 시켜줘."

"힝. 저는 언니 말고는 사람 믿기가 힘들어요."

"왜에? 좋은 사람들이 얼마나 많은데. 어떤 방면으로든 세상에 나를 도와줄 사람들은 엄청 많아. 도와달라고 외치기가 부끄러울 뿐이지."

"남한테 도움받으면 도움받은 만큼 약점이 돼서 돌아온다고 생각해요. 그래서 그나마 비대면으로 도움받을 수 있는 책이나 영상이 인기 많은 거죠. 아니면 차라리 계산이 확실한 전문 상담이라거나?"

"흠, 그래? 그것도 그렇겠다. 분명 가장 좋은 건 나도 상대에게 채워줄 게 있고 상대도 나에게 채워줄 것이 있는 상호협력 관계겠지. 하지만 이런 건 어때? 지금 당장 밖에 돌아다니는 사람들한테 가서 부탁해도 대놓고 손해 보라는 거만 아니면 잘 들어준다? 공원에서 어르신 아무나 붙잡고 제가 엄마랑 싸웠는데 어떻게 화해하면 좋겠냐고 물으면 아주 열정적으로 조언해주는 분들도 있을걸? 감사 인사 말고는 다른 대가를 바라지도 않고서 말이야."

"으음..."

"그렇지? 아무리 의심 많은 사회라 해도 요즘같이 팍팍하고 힘든 세상에서 누군가를 도와주는 그 순간엔 사는 의미가 생기거든. 사람들은 누구나 의미 있는 사람이 되는 느낌을 사랑해."

"그렇긴 하죠. 근데 대놓고 손해 보라는 부탁만 아니면 잘 들어줄 거라는 그 말이 애매한 거 같아요. 남이 어떤 손해도 없이 도와줄 만한 정도의 일이면 애초에 도움받지 않아도 스스로 해결할 수 있는 가벼운 일 아닐까요?"

"물론 누구에게나 귀한 것을 아무한테나 주겠다는 사람은 사기꾼이지. 하지만 나에겐 귀한 것이 상대에겐 가벼운 것인 경우도 있잖아. 특히 조언을 구할 때 말이야. 물고기를 잡아주지 말고 잡는 법을 알려주라는 말 있지? 이 말은 사실 알려주는 쪽이 아니라 배우는 쪽한테 좋은 말 같아. 누군가에게 도움을 요청할 때 그거 대체 어떻게 하셨냐고 묻는 정도에는 많은 사람들이 오히려 뿌듯하게 도와주잖아. 하지만 잡은 물고기 좀 나눠 달라고 하면 화내거나 대가를 요구할 가능성이 높겠지. 그 선을 잘 지키기만 한다면 세상에 이것저것 마음껏 물어보고 도움을 청하면서 사는 게 오히려 세상을 더 아름답게 만드는 방법이라고 생각해."

"오... 그 말 자체가 아름다운데요? 그러게요. 맞는 거 같아요. 제가 자연스레 생각했던 도움이란 건 방법을 구하는 정도가 아니라 상대에게 기대고 의존하는 그런 거였기 때문에 두려운 마음이 들었던 거 같아요. 말하고 보니까 더 맞는데요? 돈 내고 살 거 아니면 물고기는 결국 스스로 잡아야 되는 거죠..."

"그렇지? 처음에는 낚싯대 사용법도 모른다고 손가락질 당할까 봐 부끄러울 수도 있겠지. 하지만 물고기를 대신 잡아주던 사람한테 되려 잡아먹히거나 잡아주던 사람이 떠났다고 굶어 죽는 게 훨씬 부끄러운 거지. 그런 의미에서 물고기 잡는 방법을 알려주는 게 아니라 직접 잡아주려 하는 사람이야말로 나를 망칠 위험한 사람일 수 있으니 경계해야 되는 것도 있겠다."

"오. 결국엔 많이 배우면서 스스로를 성장시켜야 한다는 거네요. 그리고 세상은 물고기를 공짜로 잡아 주진 않지만 스스로 성장하고자 노력하는 사람을 도와줄 준비는 돼 있다는 거구요. 맞는 거 같아요. 너무 좋은데요?

만나는 모든 어른마다 행복을 나눠달라던 아이는 불행한 사람이 되고 행복의 비결을 물어보던 아이는 가장 행복한 사람이 됐다는 내용의 동화책 쓰고 싶어진다."

"어, 완전 괜찮은데?"

"그래요? 키키. 언니가 써서 저 한 권 주세요!"

"딱 한 권만 출판해서 시화한테 줄게."

"꺄륵. 아니 그럼 많이 많이 출판해서 돈으로 주세요."

"어? 불행해진 아이의 태도다."

"아악, 안돼!"

행복에 공식이 있다면

"언니랑 얘기하면 색다른 방향으로 생각해볼 수 있어서 좋아요."

"나도 시화랑 대화하면 배울 게 많아서 좋아."

"저한테요? 반면교사로 배웠다, 그런 거 아니죠?"

"아니야. 시화 창의적이라서 같이 이야기하면 참 좋아."

"큭적. 빈말이라도 감사합니다."

"꽉 찬 말."

"헤헤. 아무튼, 언니랑 얘기하면 재밌어요."

"고마워. 이런 이야기하는 거 재밌어. 사실 사람이 잘 살기 위해 알아야 할 것들 정도는 다 알고 있잖아. 알기만 하고 실천하기가 힘드니 문제지."

"그쵸. 당장 알고 있는 명언대로만 살아도 다 성공하고 다 행복할걸요."

"그러니까. 시간은 금이다라든지, 구체적인 목표를 설
정해야 한다든지, 행복은 가까이에 있는 것이니 매사에
감사하라든지, 그런 너무 뻔하고 당연한 말들. 그런데
그 뻔한 것들이 제일 힘든 거니까 새로운 지름길도 생각
해보는 거지. 가까이 있는 행복 찾는 게 힘들다면 불행
을 최대한 멀리하는 법이라든지."

"엇. 불행을 최대한 멀리하는 법, 저도 알려주세요."

"응? 예 든다고 그냥 말해본 건데. 어떻게 불행을 최대
한 멀리할까? 시화가 고민해서 나한테도 좀 알려줄래?"

"저는 그냥 피하기 게임처럼 피할래요. 슈슈슉."

"잘 피해라. 아직 한 발 남았다."

"으윽..."

"앗, 피해! 헙..."

"안돼요 언니! 흑흑, 우리 언니를... 원통한 세상..."

"그만할까?"

"그럴까요? 아, 근데 진짜 세상이 너무 불행으로 가득
한 거 같아요."

"그런가? 언제 그렇게 느꼈어?"

"그냥 뭐랄까, 행복해 보이려고 노력하는 사람은 많은

데 사실 진짜로 행복한 사람은 없어서 사람들의 속이 질투로 가득한 거 같아요. 지기 싫은 자존심 때문에 행복한 척하는 사람을 보며 저 사람은 행복해 보인다며 질투하고, 또 그 자신도 지기 싫으니 행복한 척하고, 악순환의 반복?"

"무서운 이야기네... 근데 정말 그런 사람들도 있겠지. 왜 그런 걸까?"

"그냥 서로 비교하니까 그런 거죠. 경쟁자로 의식하고."

"음, 그런 거 같다."

"그쵸? 근데 사실 저도 똑같은데요 뭐..."

"흠, 나 시화 말 들으니까 갑자기 생각난 거 있어."

"어떤 거요?"

"행복의 반대는 비교하는 것이라는 말 들어봤니?"

"어! 네, 들어봤어요."

"나는 이 말을 교수님한테 처음 들었는데 그땐 공감을 못 해서 까먹고 있었어. 그런데 나중에 어떤 책에서 같은 이야기 하는 걸 보고 고민되더라고. 나는 비교하는 것도 어느 정도 행복의 수단이라고 생각했거든. 일단 비교하는 것도 분명 생존에 도움이 됐으니 진화 과정에서

현 인류까지 전달된 특성일 것이고, 그만큼 비교와 경쟁을 통해서 성장하기도 하잖아. 자기보다 성적이나 실력이 안 좋은 사람을 보면서 승리감을 느낄 때도 있고."

"그렇죠."

"그런데 좀 더 열심히 생각해보니 그렇게 비교해서 얻은 쾌감은 너무 찰나적인 거더라고. 사람은 자기가 새롭게 누리는 편리하고 좋은 것들에 아주 빠르게 적응하고 다시 불평을 쏟아내잖아?"

"맞아요."

"아무리 비교해서 다른 사람을 이겨도 또다시 나보다 좋아 보이는 사람은 있기 마련이니까. 2등이 1등을 질투하면 1등은 공부 안 하는 부잣집 딸을 질투하고, 부잣집 딸은 이쁜 친구를 질투하고. 수십억 인구 중에 진정한 1등은 단 한 명, 아니 사실 그 단 한 명조차 없다는 거지."

"하긴. 아무리 완벽해 보이는 사람들도 열등감 하나씩은 감추고 있겠죠."

"그럴 수 있지. 게다가 나보다 처지가 안 좋은 사람과 비교하면서 반드시 우월감을 느끼는 것도 아니잖아. 언제든 따라잡히는 거 아닐까, 내가 저렇게 되면 어떡하지, 내가 가진 것을 잃으면 어떡하지, 이런 불안감과 조바심도 비교에서 나오는 거니까. 그래서 비교로 얻는 행복감은 아주 찰나지만 불행감은 영원할 수 있겠다는 생각이 들었어."

"그래도 아예 비교 안 하고 사는 건 불가능할 거 같아요. 저희가 관광지에서 경치를 아름답게 느끼는 것도 근본적으로 비교에서 나오는 거 아닐까요? 거기서 태어나고 산 사람은 그런 걸 못 느낄 테니까요."

"맞아. 하지만 그 관광지마저 아예 거기 눌러 앉아버린다면 금세 감흥 없어질 거고, 여기는 밤에 술 파는 곳이 없다든지, 와이파이가 안 터진다든지 하면서 불평불만이 생길 수밖에 없겠지. 바로 비교에 의해서."

"흠. 그러네요."

"그렇지? 그렇게 행복의 반대가 비교라는 말을 어느 정도 납득하고 나니까 든 생각이 있어. 그 말은 즉슨 비교하는 삶이 반드시 불행해진다는 건데, 그럼 비교의 사전적 반대말을 찾으면 반드시 행복해지는 법도 찾을 수 있지 않을까 하는 거야."

"비교의 반대말?"

"비교의 반대말로 뭐가 있을까?"

"음… 당장은 감이 안 잡혀요."

"내가 떠올려 본 건 공감, 성찰이야."

"공감이랑 성찰…?"

"어때? 비교의 반대말로 적합할까?"

"글쎄요? 맞는 거 같기도 하고… 그럼 공감하고 성찰하는 삶은 반드시 행복해질 수 있는 건가?"

"둘 다 사실 느낌은 거의 비슷한데 편한 공감으로 한번 이야기해볼게. 우리가 우리보다 처지가 안 좋은 사람을 보면서 느끼는 안도감, 감사함 같은 건 사실 비교가 아니라 공감에서 나오는 거 아닐까 싶었어. 일단 나보다 못한 사람과의 비교는 승리감과 동시에 불안감을 주잖아. 하지만 알다시피 그 승리감은 극도로 짧으니 결국 따라잡히면 어떡하지, 혹은 내가 저렇게 돼서 손가락질 당하면 어떡하지, 하는 불안감만 남게 되는 거지. 물론 그 불안감 또한 나를 노력하게 하는 원동력이긴 할거야. 하지만 비교에서 나오는 이런 불안은 자신을 발전시킬 동기보다 상대를 공격할 동기가 될 가능성이 높지. 반대로 나보다 못한 사람과의 공감은 지금 내 상황에 대한 감사함과 상대에 대한 연민을 느끼게 해주는데, 이때 바로 그 연민이 사람을 노력하게 하는 원동력이 된다고 봤어."

"음, 비교, 공감 둘 다 열심히 살도록 하는 원동력은 있는 거네요. 근데 느껴지는 감정이 다르다는 거고요. 비교는 불안감, 공감은 감사함. 그리고 보니 영화, 음악 같은 데서 얻는 감동이나 행복감도 비교가 아니라 공감으로 얻는 거잖아요."

"오, 그러게. 그것도 맞네."

"히힛. 무슨 말인지 알겠어요. 근데 비교할 때 승리감이 극도로 짧다는 부분은 좀 이해가 안 가요. 사람이 뭔가 노력할 때 이걸 잘 해내면 다른 사람들이 대단하게 봐주겠지, 하는 기대감으로 길고 지루한 노력을 해내는 경우도 많잖아요. 그니까, 미래의 승리감을 상상하면서 노력하는 경우요."

"그걸 지금 말해볼게. 일단 비교는 자기보다 잘난 사람한테는 질투심이나 박탈감 같은 불행감을 느끼게 하잖아. 물론 경쟁하고자 하는 긍정적인 자극을 주기도 해. 하지만 아까 말했듯이 비교 자체를 끝내지 않는다면 아무리 높이 올라가도 어떤 방면에서든 나보다 나은 사람이 보일 수밖에 없겠지. 하지만 그 잘난 사람에게 공감을 하게 되면 정말 자랑스럽겠다, 얼마나 행복할까, 같은 긍정적인 자극은 그대로 받을 수 있으면서도 딱히 불행감을 느끼긴 않겠구나 싶었어. 비교를 통한 자극은 조바심을 주지만 공감을 통한 자극은 설렘을 준다는 거지. 시화가 말한 미래의 승리감을 상상해서 얻는 활력도 비교가 아니라 이런 공감에서 나오는 거라고 생각해본 거야. 결론은, 공감은 비교로 얻을 수 있는 긍정적인 점은 그대로 가져가지만, 그 과정에서 느끼는 감정에 정반대인 부분이 있는 거 아닐까 하는 거지."

"오..."

"어때? 맞는 거 같아?"

"일단은 그런 거 같아요. 나중에 개인적으로 따로 더 생각해볼래요."

"역시 시화 너무 좋다. 어떻게 이렇게 현명해?"

"저는 언니한테 배운 건데요? 그런데 성찰은요?"

"아, 음... 비교는 다른 것을 잣대로 또 다른 것의 가치를 매기는 도구지만 성찰은 비교 대상 없이도 어떤 것을 그것 자체로 관찰할 수 있게 해주는 도구잖아. 그러니 성찰은 편견이 없는 거지. 내 마음에 어떤 감정이 들 때, 혹은 세상 사람들이나 어떤 현상들을 볼 때 새로운 것을 접하는 느낌으로 한 발자국 떨어져서 보는 거야. 이것의 본질이 뭘까? 왜 이런 감정이 드는 걸까? 저 사람은 왜 저런 행동과 생각을 할까? 왜 저런 일이 일어날까?"

"분석하는 느낌? 그런 건가요?"

"분석이라? 음, 비슷한 거 같기도 하고? 좀 더 구체적으로 말해보면 이런 거지. 왜 나여야만 하지? 라는 분노를 왜 내가 아니어야 하지? 라고 바꿔볼 수도 있는 거고, 나와 입장이 다른 정치, 종교 사상을 가진 사람을 볼 때 그 사람이 그럴 수밖에 없는 이유를 이해하거나 내가 반성을 할 수도 있겠지. 비교를 통해 동물적으로 일어나는 감정으로 세상에 마구 헤엄치기 전에 잠깐, 왜 그런 걸까 성찰하는 태도인 거지. 이런 태도는 세상에 대한 혐오와 화를 가라앉히고 좀 더 이해하며 아름답게 받아들일 수 있는 마음의 여유를 키워줄 거야. 따지고 보면 성찰의 끝도 결국 공감인 거 같네."

"으흠... 좋네요. 공감, 공감이구나... 그러면, 언니가 느끼기에 공감하고 성찰하면서 사니까 어땠어요? 정말 행복해졌어요?"

"어... 사실은 여태 까먹고 있다가 시화 덕분에 떠오른 거야. 내가 이 생각을 처음 했을 때 분명 비교하지 말고 공감하는 삶을 살자 결심했거든? 며칠이나 그렇게 살았나? 언제부턴가 자연스럽게 또 남이랑 비교하면서 신세 한탄하는 내가 있던데?"

"히히. 그런 게 또 사람 냄새 아니겠어요. 언니, 그리고 보니 우리 좀 전에 그 얘기 했는데."

"뭔 이야기? ...아."

"그죠? 사람들이 자기가 알고 있는 걸 인생에 적용하기만 해도 잘 살 수 있을 거라고 했어요."

"그러게. 항상 실천이 제일 어려워."

"이번엔 저랑 같이 다시 결심해요. 비교보다는 공감하고 살자, 둘이서 같이 결심하면 두 배로 세게 결심할 수 있어요."

"좋아. 자, 손잡자."

"네?"

"자! 시화랑 나랑 앞으로 비교보다는 공감하면서 행복하게 살자!"

"악, 언니 목소리 좀..."

후회는 성장이다

"아야! 시화야, 언니 아프다…"

"헐 죄송해요. 놀라서 때렸다."

"때리지 마. 때리면 너 손해야."

"엇, 왜요?"

"내 안에 너 있다."

"저런…"

"미안."

"와중에 피식해서 자존심 상해요."

"흐흐."

"언니, 언니는 지금 기억을 가지고 과거로 돌아간다면
언제로 돌아가고 싶어요?"

"네 살?"

"그렇게 어리게요? 네 살로 가서 뭐 할 거예요?"

"인생 3회차 아기처럼 고고하게 굴어야지. 그러다가 부모님이 영재 방송 같은데 제보하려 하면 평범한 척해서 일상으로 돌아가고. 그렇게 실컷 놀다가 코인 좀 사서 먼치킨 인생 찍을 거야."

"푸핫. 아 웃기다."

"크크. 사실은 진짜 과거로 돌아갈 수 있다 해도 그렇게 멀리 가고 싶지 않아. 지금 너무 소중한 사람들이 있어서. 미친 사람 취급받더라도 어떻게든 세월호 같은 일들은 막을 수 있다면 좋겠다."

"아! 헐..."

"시화는 언제로 가고 싶은데?"

"음... 저는 중고등학교 때요. 저는 돌아가면 공부는 안 할 거예요. 너무 어설프게 공부했어요. 할 거면 진짜 열심히 하던가, 아예 확실하게 다른 길 찾았어야 되는데."

"그때 우리가 뭘 알았나. 그래서, 과거로 돌아갈 수 있다면 확실하게 다른 길 가겠다?"

"네. 근데 솔직히 말하면 과거로 돌아간다고 해서 지금보다 막 엄청 열심히 살 것 같진 않아요. 돌아가 봤자 놀기 좋아하는 지금의 제가 돌아가는 거잖아요? 막상 돌아가면 시간 공짜로 벌었다는 생각으로 띵가띵가 살다가 가지고 있는 지식으로 어떻게든 인생 꿀 빨려고 할 거 같아요."

"키킥. 너무 좋겠다."

"근데 사람들 다 똑같지 않을까요? 과거로 돌아간다고 해서 갑자기 철이 들고 원래 없던 열정이 생기고 그런 건 아닐 텐데. 돌아가면 공부하고 싶다는 사람들 중에 지금 당장 뭐라도 공부하고 있는 사람들 빼고는 막상 돌아가도 진짜 공부할 사람 없을걸요?"

"그런가? 살면서 타협한 게 별로 없다면 그럴 수 있겠다. 근데 나이 지긋한 분들께 같은 질문 하면 열심히 하고 싶다는 거 엄청 많을 거 같아. 건강한 몸으로 궂은 알바라도 전전해서 여행 가고 싶다든지, 살면서 이별한 사람들에게 연락 하고 싶다든지, 포기했던 음악을 다시 하고 싶다든지. 과거로 돌아가면 젊음만 얻는 게 아니라 짊어진 환경도 달라지잖아."

"음..."

"아닐까?"

"아, 그게 아니라. 무슨 말인지 알겠어요. 근데 뭔가 저는 미래에도 별로 후회하지 않을 것 같아서요."

"정말? 보통은 자신이 무슨 선택을 해도 결국 후회하

게 될 거라 말하지 않나?"

"이게 뭔 말이냐면요, 저는 지금 삶이 불만족스럽긴 하지만 어쨌건 현재의 하루하루가 다 저의 선택으로 만들어지는 거잖아요?"

"그렇지?"

"그니까, 지금의 저를 아주 먼 훗날에 회상하더라도 그냥 그게 그때의 나지, 후회할 거 알면서 더 열심히 살지 않은 것도 나잖아, 그땐 그게 내 나름대로 최선을 다했던 거야, 이런 식으로 생각하고 말 것 같다 해야 하나?"

"음, 그러네. 사실 그게 맞지. 그럼 우리는 과거를 후회한다기보단 아쉬워한다고 표현해야 하나?"

"힝... 말하고 보니까 후회나 아쉬움이나 그게 그거 같은데요... 아무튼 저는 후회하면서 과거에 얽매이진 않을 것 같다는 말이었어요. 물론 언니가 말한 분들이 이상하다는 건 아니고요, 그냥 저 개인적으로요."

"그렇구나. 여러모로 공감되는 이야기다. 고마워."

"무슨, 아니에요. 어쩌면 저 스스로 나중에 후회할 거 알아서 미리 정신승리 할만한 뇌피셜 짜내고 있는 건지도 몰라요. 사실 두렵고 무섭잖아요."

"으흠... 그럼 어쩌면 이럴 수도 있을 거 같아."

"어떻게요?"

"일단 나는 사람이 언젠가 후회한다는 사실을 외면할 필요가 없다고 생각해. 왜냐면 후회한다는 건 과거보다 성장했다는 증거잖아. 과거를 부끄러워하는 걸 부끄러워 말라는 말도 있듯이, 그렇지? 사람은 살면서 누구나 성장할 테니 내가 미래에도 후회 안 할 것 같다 생각하는 건 어쩌면 지금 당장 나의 생각일 뿐일 수도 있는 거지."

"음..."

"미래엔 더 열심히 살 수도 있고, 사랑이나 인간관계, 시간, 이런 것들을 지금보다 훨씬 소중하게 여길 수도 있겠지? 그렇게 지금보다 성숙해질 미래의 가치관과 지금 현재의 가치관은 분명 다른 부분이 있을 거야. 그러니까, 지금의 자신은 나중에 후회 안 할 거라고 생각해도 나중의 자신은 지금의 내가 아니기 때문에 같은 일 가지고도 후회하게 될 수 있는 거지."

"아, 이해했어요. 그렇구나..."

"그 후회가 작은 아쉬움 정도라면 충분히 안고 살 수 있겠지만 너무나 한스러운 후회가 된다면 그땐 정말로 얽매일지도 몰라."

"네, 그러네요. 난 나중에도 후회 안 할 거 같은데? 라는 생각은 지금의 생각일 뿐일 수도 있는 거죠. 나중에 나는 다른 사람일 테니까..."

"그럴 수도 있지."

"갑자기 우울해졌어요. 저 그냥 옛날부터 난 어떻게 살아도 크게 후회는 안 할 거야, 약간 이런 마인드였는데 깨부숴진 느낌..."

"깨부수긴 뭘... 그냥 의견이지. 그리고 걱정하지 마. 후회할 짓 최대한 많이 하면서 살아."

"그건 무슨 악담인가요?"

"선담이지요? 후회는 과거가 아니라 현재랑 미래를 위한 거잖아. 과거 실수에 후회하지 않으면 같은 상황이 왔을 때 똑같은 실수를 할 테니까. 많이 도전해보고, 후회해봐야 성장하는 거지. 대신 스스로 떳떳하면 돼. 언젠가는 당연히 후회할 수도 있다는 사실과 내 부족한 부분들을 있는 그대로 인정하고 내가 처한 상황, 내가 가진 생각 안에서 떳떳하면 후회할지언정 자책감은 없고 아쉬울지언정 얽매이지는 않을 수 있어. 후회는 반성의 의미로써만 끝낼 뿐, 후회로 인해 불행하지는 않을 수 있다는 거야."

"후회할 수도 있다, 후회해도 된다, 대신 자책감은 없도록 살아라..."

"응. 미성숙했던 자신을 수용하고, 용서하는 거야."

"근데 그게 말처럼 쉬운 일이 아닌걸요?"

"그렇지만 그래도 해내야지. 후회함으로써 뭔가 배울 수 있는 과거가 있고 후회해도 배울 게 없는 과거가 있잖아. 그중에 배울 게 없는 과거는 내 잘못이 아니라는 뜻이니 어쩔 수 없었다 하고 잊으면 돼. 그리고 후회해서 배울 게 있는 과거라면 확실히 배우고 반성하되, 그건 지금의 내가 아니니까 괜찮다며 용서하면 되는 거야. 지금의 나는 그때 잘못했다는 걸 깨닫고 성장한 사람이니까. 남에게 저지른 잘못엔 그만큼 책임을 져야 하지만 내 운명이 나에게 저지른 잘못은 그저 나 스스로 이해하고 용서하는 걸로 털어버려야지."

"아... 마지막 말이 유난히 와닿는 거 같아요. 제가 저한테 스스로 얽매여서 힘들다고 느낄 때가 되게 많았거든요."

"에구, 이리 와. 안아줄게."

"힝."

"모든 후회는 무겁게, 대신 한 번이면 족해. 어떤 과거에 대해서 끊임없이 아프다는 것은 그 일이 왜 잘못됐는지 아직 뇌가 다 이해하지 못했다는 뜻인 거야. 온전히 이해하지 못했으니 계속 아파하고 후회함으로써 해결책을 찾으라고 시키는 거지. 그러니까, 아무리 생각하고 질문해봐도 내 잘못이 아니라면, 아무리 아파해도 반성하거나 배울 게 없는 과거라면, 그건 더 이상 아파할 필요가 없는 일인 거야. 배울 게 있을 거라고 뇌가 여태 착각해서 아팠던 거야. 그러니 이제 그 과거엔 배울 게 없다고, 아파해도 얻을 게 없다고 나한테 알려주자. 어쩔 수 없는 거였구나 다독이며 조금씩 털어보자."

"아... 좋네요... 언니 말 들으니까 제 마음이 조금 이해가 되는 거 같아요. 배울 게 없는 과거에서 뭘 찾으려 했던 걸까, 이런 생각이 드네요. 여태 후회인 줄 몰랐는데 이따금 하염없이 아픈 제 마음에는 힘들었던 과거에서 뭔가 반성하려는 후회도 있었겠구나 싶네요... 과거에 아픈 게 많은 만큼 후회도 많다는 뜻일 텐데, 미래에 후회 안 하고 살 거 같다 생각했다니... 부끄럽다."

"부끄러워 안 해도 돼. 시화처럼 이렇게 나는 어떤 사람일까 스스로 성찰하고 새로운 생각을 더해 나가는 게 얼마나 대단하고 멋진 일인데. 내 감정에 따라 어떤 일에 대한 해석이 달라지기도 하지만, 감정 역시 내 해석에 따라 얼마든지 달라져. 어쩔 수 없는 거였다고, 괜찮다고 스스로 다독이다 보면 언젠가 내가 고작 그런 걸로 힘들어했었네? 하는 날도 반드시 올 거야. 그러니까 너무 걱정하지 마. 지금 시화 아주아주 멋있어."

무기력감 조절법

"자책감 없도록 살라는 말은 결국 자신한테 부끄러움 없
도록 최선을 다해 살라는 거잖아요. 말은 쉬워 보이는데
어쩌면 이게 사실 세상에서 제일 어려운 거 아닐까요?"

"그럴까? 난 이 세상 사람들이 환경만 다를 뿐 그래도
다 최선을 다해 살고 있는 거 아닐까, 하고 생각하는데."

"설마요. 저만 해도 전혀 최선을 다해 살지 않는데요?"

"그런가? 어떨 때 최선을 다하지 않고 있다 생각해?"

"그야 게으름도 심하고, 노는 것도 좋아하고요. 쓸데없
는데 돈 쓸 때도 많고..."

"사실 그건 나도. 시화는 놀 때 뭐 하고 노니?"

"그냥 뭐 게임하고, 친구들 만나서 수다 떨고, 그리고...
영화나 드라마?"

"오, 시화 게임 좋아하는구나. 캐릭터 귀엽고 그런 거 좋

아할 거 같아."

"그것도 그렇고 저는 스토리가 좋아야 돼요. 막 숨겨진 요소 많고 그런 거."

"그렇구나. 스토리 좋은 게임 좋지. 사람들이 게임에서 느끼는 재미는 대체 뭘까?"

"뭐 자유롭게 여행하고, 성장하고, 수집하고, 스릴감 느끼고, 게임 속에서 만난 사람들이랑 이것저것 하면서 유대감 형성하고, 그런 거 아닐까요?"

"그런 거랑 스토리에 공감하고?"

"아, 그렇죠."

"그러면 게임은 자유롭고, 성장하고, 수집하고, 스릴감을 느끼고, 사람들이랑 관계 맺고, 공감할 때 재밌는 거네. 근데 그럼 현실에서 느끼는 재미랑 너무 똑같은데?"

"게임은 결과에 큰 책임을 지지 않아도 되고 무엇보다 성취감을 쉽게 느낄 수 있으니까요."

"그러게. 어쩌면 그게 핵심인 거 같네. 사실 우리가 느끼는 무기력감은 좋은 거라는 걸 아니?"

"네? 무기력이 어떻게 좋은 거예요?"

"사람이 고통을 못 느끼면 무엇이 위험한지 모르기 때문에 생존율이 떨어지잖아. 실제로 고통을 못 느끼는 무통

각증 환자들은 대부분 어린 나이에 사망해. 그런 관점에서 고통은 생존을 위해 꼭 필요한 거라고 볼 수 있겠지?"

"그렇죠?"

"무기력도 바로 그런 고통의 상태라는 거야. 의미 없는 일을 그만할 수 있도록 해주는 제어장치 같은 거지. 과거 인류의 조상들 중, 무기력감을 못 느끼는 유전자를 타고났던 개체들은 생존에 도움되지 않는 일에 끝없이 매달리다가 도태됐을 거야. 예를 들어 백상아리를 사냥하겠다고 마음먹은 사람이 아무리 실패해도 무기력감을 느끼지 못한다면 영원히 백상아리 사냥에 에너지를 낭비하다 굶어 죽을 가능성이 높겠지. 차라리 빨리 포기하고 토끼를 사냥하는 게 생존에 유리했을 거야. 그렇게 포기하게 해주는 장치가 무기력이라는 거지."

"아하. 공부에 지쳐 게임으로 도피하는 건 백상아리 사냥에 지쳐서 토끼를 잡으러 가는 것과 비슷하다는 거네요?"

"맞아. 그래서 게임처럼 쾌감을 빠르게 느끼는 일들이 위험한 거지. 현대 문명은 급격히 발전했지? 하지만 생물의 진화 속도는 아주 느리기 때문에 우리의 뇌는 현대에 적응 못한 특성을 그대로 가지고 있어. 뇌는 내가 생존 번식에 도움되는 활동을 할 때 행복감을 발생시키는데, 현대 문명에 적응 못한 이 원시 뇌는 게임에서의 성취를 아주 효율적인 생존 활동이라고 착각하고, 예능 방송을 보며 내가 사회 활동을 한다고 착각하는 거야."

"아... 그래서 게임이나 짧고 웃긴 자극적인 영상들 보는 게 한번 시작하면 끊기 힘든 거네요."

"응. 하지만 성숙한 사람일수록 아니, 현대의 현실에 더 많이 적응하고 타협한 사람일수록 게임에서 느끼는 쾌락이 생존과 관련 없는 걸 깨닫기 때문에 게임에서도 무기력감을 느끼게 되는 거야. 그래서 보통 나이 들수록 게임이 재미없어지는 거지. 의미 없다고 느끼게 되니까."

"음... 그렇구나. 옛날에 소득이 적은 가정일수록 자녀가 게임중독일 가능성이 높다는 말을 들은 적 있어요. 사회에서 남보다 무기력감을 느낄 가능성이 높기 때문일 수도 있겠네요. 좀 슬픈데..."

"그럴 수도 있지. 그만큼 현대 사회의 환경구조가 사람들에게 무기력감을 주기 쉽고 유혹도 많다는 뜻이겠지. 뭐, 그렇게라도 행복할 수 있다면 모르지만, 쾌락중독에 빠진 사람들은 대부분 자책감과 무기력감을 느끼잖아. 행복이 즐거움 따위에 매몰되기 쉬운 시대야."

"아... 흑, 저는 매몰단이에요."

"자연스러운 거야. 눈앞에 토끼를 두고 굳이 백상아리만을 사냥하겠다 마음먹었던 사람은 유전자를 남기지 못했을 테니까. 우리는 토끼를 사냥해서 살아남은 조상들의 후손이야. 하지만 만약 그 토끼에 칼로리가 없단 걸 깨닫게 된다면 토끼 사냥이 아무리 재밌어도 이제 그만 백상아리를 사냥하기 위해 떠나야 하겠지. 현대에 사는 우리는 즐거움의 프로세스를 바꿀 필요가 있어."

"어떻게요?"

"원래 토끼를 잡는 것 자체에서 즐거움을 느꼈다면 이젠 백상아리를 잡기 위해 고민하고, 근육을 키우고, 기술을 개발하는 과정에 즐거움을 느낄 줄 알아야 한다는 거야. 그러지 않으면 백상아리가 주는 무기력감에 다시 칼로리 없는 토끼만 잡으러 다니게 될 테니까."

"으흥. 결과의 보상보다 성장하는 과정 자체에 즐거움을 느낄 줄 알아야 하는 시대라는 거예요?"

"응. 과정 자체에 즐거움을 못 느끼는 사람은 무기력감 때문에 다른데 에너지를 낭비하게 될 가능성이 높으니까."

"음... 하지만 그 사실을 알더라도 단순노동이나 아주 어려운 공부를 하는 과정이 즐겁긴 힘들 거 같아요. 끝에 결국 백상아리를 못 잡을 수도 있다는 불안을 떨쳐버리고 성장 과정에 집중하라는 건데, 과연 정말 떨쳐버릴 수 있을까요?"

"사람에 따라 정도 차이가 있겠지. 자신의 일이 가치 있는 일이라 생각하면서 과정 자체에 의미를 찾아 몰입하는 사람이 대성하는 사람일 거야. 그게 어렵더라도, 다른 곳, 다른 일에서 무기력감을 잠깐 해소하고 돌아오면 돼."

"다른 어떤 일이요?"

"심하게 중독될 가능성은 없지만 그래도 확실하고 소소한 행복감이 있는 일들 말이야. 예를 들어 청소나 설거지 같은 가벼운 노동, 글쓰기나 운동 같은 취미활동, 친구랑 수다 떨기, 좋아하는 음식 먹기, 명상, 쪽잠 같은 일들이 괜찮겠지. 현실에서 자신의 노력에 합당한 성취감을 얻지 못해 무기력감을 느끼는 사람의 경우 이런 적당한 성취감은 그 무기력감이 무기력증으로 심화되는 걸 막아줄 수 있어. 사람이 무기력증에 빠지면 한 가지 일에 대해서 자신감을 잃는 게 아니라 내 존재 자체에 자신감을 잃고 회복하기 무척 힘들게 되니 휴식도 꼭 필요한 일인 거지."

"아... 휴식과 취미활동은 내 일을 피하기 위한 게 아니라 내 일을 다시 시작하기 위한 충전이라는 거네요."

"맞아. 아무리 내가 좋아서 하는 일이라도 막힐 때가 있는 법이니까. 앞으로 나아가지 못할 때 무기력감은 쌓여. 그러니 주기적으로 쉽고 빠른 일을 통해 무기력감을 해소하는 시간도 가져야 더 멀리 달릴 수 있는 거지."

우울증에서 벗어나는 법

"무기력감이 무기력증으로 심화되는 것을 막기 위해 빠르고 쉬운 일을 하는 시간도 필요하다... 어쩌면 내가 왜 힘든지도 모른 채 그저 게을러서라고 자책할 수도 있겠네요."

"그러니까. 애초에 우리 유전자는 백상아리를 잡아먹으며 전달된 유전자가 아닌데 많은 현대인들이 백상아리를 잡기 위해 기약 없는 노력을 해야 해. 그래서 이런 현대에 잘 적응하기 위해선 인간 신체 사용법을 알아야 하는 거지. 그러지 않으면 내 신체가 허락하는 최선의 열정을 모두 소모해도 나는 왜 이렇게 게으른가, 하는 자책감에 빠질 수 있을 거야."

"아, 헐... 아까 이 얘기였구나... 음... 그러게요. 언니 말 들으니 나 사용법을 아는 게 진짜 중요한 거 같아요.

무기력에도 이유가 있는 거라고 생각하니까 뭔가 저를 더 잘 다스릴 수 있을 거 같다고 해야 하나?"

"역시 시화 멋있다."

"그런데 가끔 이유 없이 우울할 땐 왜 그런 걸까요? 뭐랄까, 우울이 우울을 찾아와서 한없이 무기력해질 때요."

"우울이 우울을 찾아올 때... 그렇구나. 음... 사실 우울감은 무기력감과 거의 같은 거지. 내 이성으로 못 찾을 뿐, 내 신체는 우울감의 이유를 알고 있을 거야. 우울감 역시 지금 처한 내 상태에서 벗어나라고 신체가 보내는 신호니까."

"어... 전에 언니 얘기 중에 반성할 게 없는 과거에 반성할 게 있다고 뇌가 착각해서 아프고 후회하는 경우 비슷한 걸 수도 있겠네요?"

"음, 그렇겠다. 그리고 내가 정말 원하는 것을 억지로 억누른 채, 나는 그런 사람이 아니야, 하며 내 진짜 욕망을 외면하고 있는 걸 수도 있지. 삶에 아무런 문제가 없는데도 우울감이 든다는 건 지금 내가 처한 환경과 그 환경에서 기대할 수 있는 미래에 내가 진심으로 욕망하는 게 없다는 뜻일 수도 있거든."

"아... 뭔지 알 거 같아요. 그리고 그걸 오래도록 벗어나지 못하면 그 우울감이 우울증으로 심화될 수도 있겠네요?"

"응, 그런 거지."

"그렇구나... 저는 우울증이 제일 무서워요. 우울증에 걸리면 뭘 하고자 하는 의지 자체가 안 생겨요. 난 너무 힘든데, 다른 사람한테 얘기해도 공감 받기 힘들고, 힘들다고 하는 제 말에 상대가 힘들어하기도 하고요."

"에구... 힘든 와중에 다른 사람도 걱정해준 게 시화가 참 좋은 사람이라는 증거네."

"아니에요. 상대가 힘들어하면 그게 저한테 또 상처가 되니까 알게 된 거죠. 엄마가 제 우울증약 발견했을 때 울면서 이딴 걸 왜 먹냐고, 자기 상처 주려고 일부러 그러는 거냐고 했던 기억이 떠나질 않아요."

"너무 아프다... 시화 정말 말도 안 되게 대단한 사람이구나. 무너지지 않고 버텨줘서 고마워. 이리 와, 안아줄래. 대견하고 아름다운 우리 시화."

"희희. 사실 너가 나약해서 그런 약 먹는 거 아니냐, 이런 말은 엄마한테 말고도 몇 번 들었어요. 그래서 그런지 뭔가 저도 잘 안 먹게 되더라고요."

"저런... 몰라서 그렇게들 말한 거겠지만 너무 안타깝네... 아플 때 필요한 약을 먹는 건 절대 나쁜 게 아니야. 우울감 정도는 즐거운 일을 하다 보면 사라질 수도 있지만, 우울증은 아예 신체가 고장 난 거라 아무리 즐거운 행동을 해도 좋은 기분을 느낄 수 없게 돼. 원래 좋아했던 음식을 먹어도 감흥이 없고 원하는 것도 없게 되는 거야. 그런데 어떻게 약 먹는 게 나쁜 거겠니? 우울증을 왜 혼자 극복 못하냐는 건, 심장병에 걸린 사람한테 달리기 열심히 하면 낫는다 하는 거랑 비슷한 거야."

"아... 우울증은 단순히 마음의 문제가 아니라 그 어떤 일을 해도 행복감을 느낄 수 없는 신체적인 병이라는 거네요..."

"맞아. 물론 우울감도 무기력감처럼 어떤 문제를 해결하라고 신체가 보내는 신호이니, 약 복용뿐만 아니라 적극적으로 내 주변 환경을 바꾸고 내가 즐거울 수 있는 일도 해야 해. 그런데 그것도 내가 에너지가 남아야 할 수 있는 거잖아. 몸이 아프면 치료하고, 진통제를 맞은 다음에야 재활할 수 있지? 계속 아프면 고통을 참는데 에너지를 다 써야 해서 뭔갈 할 수 없으니까. 우울증약 먹는 게 치료와 진통제 역할을 하는 거야. 그렇게 해서 에너지가 남아야 스스로도 극복을 위해 노력할 수 있는 거지, 계속 아프면 노력할 에너지가 안 남잖아..."

"약을 먹어서 몸이 나아지면 그렇게 남는 에너지로 노력을 하는 거라고요?"

"맞아. 약도 중요하지만 아무리 좋은 약을 오래 먹어도 근본적인 우울증의 원인이 해결되지 않으면 반드시 우울증은 재발하게 돼 있어."

"아... 결국엔 개인의 노력이 제일 중요한 거네요?"

"응. 하지만 노력으로 도저히 벗어나기 힘든 경우가 있으니 약의 힘도 필요한 거야. 가시에 한번 찔린 게 우울감이라면 가시가 몸 속으로 들어가서 끊임없이 곪는 게 우울증인 거지. 남이 뭣 모르고 뽑아주려 하면 그 사람 손도 다쳐. 그래서 사람들은 한편으론 도와주고 싶어도 결국 피하게 되는 거야. 가시가 박힌 본인도 가시로 곪은 끔찍한 상처가 부끄럽고 또 미안해서 남에게 쉽게 말하지 못하고, 그 끝에 더 이상 버틸 수 없으면 자살로 이어지는 거지. 그러니 먼저 의사에게, 말하자면 가시 전문가에게 가시 좀 뽑아달라 부탁하고 가시에 찔렸던 가시 숲에서 벗어나야 하는 거야."

아픔을 외면해도 괜찮다

"오늘 진짜 필요한 얘기 많이 들은 거 같아요. 특히 약의 역할에 내가 노력할 에너지를 남기기 위함도 있다는 부분은 정말 생각도 못 해본 거라 충격적인..."

"그렇구나..."

"네... 다른 분들이 저를 위해서라고 해줬던 얘기 중에 아플 땐 아픈 감정을 외면하지 말고 풍덩 빠졌다가 나오라고, 아픈 감정을 제대로 관찰해보라고, 그러지 않으면 외면했던 감정들이 댐처럼 넘쳐서 더 힘들게 되는 거라고, 그런 말 되게 많이 들었던 거 같거든요. 그런데 약이 진통제 역할도 하는 거였다니..."

"따뜻한 말들이네... 너무 큰 상처가 아니라면 그런 조언들도 좋지. 그렇게 내 감정을 관찰하는 건 내 마음에 스스로 공감하는 거거든. 내 마음이 아플 때 누군가 내 마음에 공감하고 격려해주면 위로가 되지? 그렇게 나 스스로의 마음을 마치 타인의 마음인 것처럼 여기며 그에 공감하고 격려해도 위로가 될 수 있어. 너무 아파서 견디기 힘든 상처가 아니라면 그렇게 내 감정을 관찰하는 과정이 나를 더 단단한 사람으로, 그리고 다른 사람 상처에도 공감할 수 있는 성숙한 사람으로 만들어 줄 수도 있지. 마음이 힘들고 슬프고 화가 날 때, 그럴 때야말로 내가 진정 어떤 사람인지 알 기회라고 생각해. 그런 데이터들이 쌓이면서 나 사용법을 알게 되는 거 아닐까?"

"아... 성숙해질 기회... 되게 힐링 되는 생각이다. 음... 근데 그럼 약을 먹어서 아픔을 잊으면 성숙해지지 못하는 거 아닌가요?"

"상처에 집중하는 게 당장 너무 아픈 사람이 회복하기 위한 방법으로는 좋지 않다는 거지."

"어째서일까요? 저는 사실 아플 때 아픈 곳에 집중하면 적응하고 무뎌져서 빨리 안 아파질 수 있을 거다, 이런 생각 했었거든요."

"몸을 다쳤을 때 상처가 주는 고통에 집중하는 사람은 잘 없지? 치료하고, 진통제를 먹고, 다 나을 때까지 최대한 고통을 잊기 위해 몸부림치잖아. 마음의 상처도 그래. 마음의 상처가 필요한 이유는 그 상처가 생긴 이유를 이해하고 방지하기 위함이지 상처 자체에 있는 게 아니잖아. 상처가 난 순간 얼마나 아팠는지, 상처가 왜 났는지만 기억한다면 상처의 의미는 다 한 거지. 그 이후엔 고통을 잊기 위해 약을 먹든, 운동을 하든, 친구를 만나서 놀든, 좋아하는 음식을 아주 맛있게 먹든, 그렇게 다른 일로 아픔을 잊어도 돼. 상처를 치료하고 약을 발라도, 다 나으려면 어쩔 수 없이 시간이 필요한 거야. 이런 상처에 대해 우리가 해야 하는 건 더 빨리 낫게 하는 것 보다는 낫는 동안 최대한 많이 배우고, 최대한 덜 아프게 하는 거지. 한껏 몸부림치다 포기하고 오히려 아픔을 받아들이니 나아졌다는 사람들도 그 한껏 몸부림쳤던 시간이 있었으니까 나아진 거고, 그 몸부림 덕분에 나아질 때까지 버틸 수 있었던 거야. 견딜 수 있는 정도의 아픔이라면 스스로 성찰하면서 다독여보는 것도 좋지. 근데 너무 큰 아픔은... 그래, 일단 살아야 하잖아."

자기 수용력은 마음의 면역력이다

"시화 오늘 뭔가 컨디션 좋아 보이네?"

"그래요? 나 뭔가 기분 좋은 일 있나?"

"나 만나서 좋나?"

"아핫하. 그런가 봐요."

"킥킥."

"사실 요즘에 저 뭔가 자존감 올랐나? 이런 생각 하고 있어요."

"와! 언제 그렇게 느꼈는데?"

"그냥 왠지 뭔가 더 나은 사람이 될 수 있을 거 같은 기분이라고 해야 하나? 노력할 힘이 생겼다고 해야 하나?"

"너무 기분 좋은 소리다."

"킥. 근데 동시에 불안한 느낌도 있어요. 이러다 다시 우울 모드 들어가면 더 심해지는 거 아닌가, 약간 이런?"

"당연히 살다 보면 우울한 날도 또 종종 찾아오겠지. 근데 시화처럼 이렇게 스스로에 대한 긍정감을 쌓다 보면 아무리 우울해져도 금세 빠져나올 수 있어."

"그럴까요?"

"응. 열심히 나를 돌보면서 자존감을 쌓고, 열심히 나를 가꾸면서 자신감을 쌓다 보면 나도 모르는 새에 내가 행복해하고 있을 거야."

"헐, 책에서 나올 것 같은 너무 이쁜 문장이다. 언니 말이에요?"

"시화한테 줬으니 이제 시화 말이야."

"꺄륵. SNS 일기 계정에 적어놔야지."

"어, 보고 싶다 그 계정."

"놉. 저 수치사해요."

"하나만 보여주면 안 돼?"

"어? 언니 근데 자신감이랑 자존감이랑 둘이 정확히 무슨 차이예요?"

"킥킥, 쳇. 나도 몰라."

"후후. 나중에 보여줄게요. 근데 진심으로 자존감이랑 자신감 좀 헷갈려요. 느낌은 얼추 알겠는데 명확한 차이는 모르겠는?"

"그냥 뭐 그 두 단어랑 자존심, 자기애, 자기 효능감까지 다 혼용해서 사용하기도 하지? 굳이 나누자면 자존감은 자기 자체에 대한 느낌이고 자신감은 자기의 능력에 대한 느낌이지."

"음? 생각보다 별거 없네요? 그럼 자존감이 높으면 자신감도 높... 아니, 자신감이 높으면 자존감도 높은 건가?"

"관점에 따라 다르지. 그런데 사실 자존감이 뭐고, 자신감은 뭐고, 이런 건 그다지 중요한 게 아니야."

"그럼요?"

"자기 수용력이 훨씬 중요해."

"자기 수용력?"

"응. 사람은 누구나 자신이 꿈꾸는 이상적인 자기 모습이 있지? 이상적 자아라고 할까?"

"그렇겠죠."

"바로 그런 이상적 자아에 내 실제 모습이 근접할수록 높은 자존감을 갖게 돼."

"아, 이상적 자아와 현실적인 진짜 자아가 비슷할수록 자존감이 높아진다는 거죠?"

"응. 그런데 진짜 자아가 이상적 자아로 도달하는데 힘든 점이 있어. 사람들이 현재의 자신보다 아주 높은 이상적 자아를 그리기도 하고, 심지어 그 자아라는 건 돈이 많다거나 인간관계가 넓다거나 하는 것들로만 정립되는 게 아니거든. 자아라는 건 내가 돈이 많을 때 어떻게 하고 싶은 사람인가, 돈이 적을 땐 어떻게 하고 싶은 사람인가, 인간관계에 대해서 어떤 감정을 느끼고 사람들과 얼마나 가깝게, 또 왜 가깝게 지내고 싶은 사람인가, 같은 본성적인 것으로 더 정립되는 거야. 즉 자아실현이란 단순히 어떤 꿈을 이루는 것이 아니라 내가 뭘 원하는가를 정확히 알고 내 본성과 신념이 요구하는 가장 평온하고 행복한 방식으로 사는 것 자체인 거지."

"아... 내가 뭘 하는 사람이냐, 뭘 가진 사람이냐, 이런 것보다 내가 그 어느 곳에 있든 어떤 것을 가졌든 바뀌지 않는 고유의 본성 자체가 더 자아의 핵심이란 거죠? 그 본성을 스스로 정확히 알고 온전히 활용하여 사는 게 자아실현이고요?"

"응. 그런데 그런 내 본성을 정확히 알기가 쉽지 않아. 내가 어떤 일에 어떤 반응을 일으키는지 모두 경험해볼 수 있는 것도 아니고, 사회의 세뇌로 만들어진 욕구가 자신의 본성인 줄 착각하기도 하니까. 그래서 어떤 사람들의 이상적 자아는 인간 신체로서 도저히 도달하기 힘든 허상적 자아인 경우도 많아."

"허상적 자아요?"

"응. 예를 들어, 나는 상대의 외모를 안 보는 사람이야, 라는 이상적 자아를 가진 사람이 미인을 볼 때 심장이 두근대고 힐끔거리게 된다면 그 사람의 자존감은 꾸준히 상처받겠지. 자기모순을 계속 겪어야 하니까. 이런 사람이 자존감을 높이려면 자신이 미인을 좋아한다는 걸 수용하고 과한 이상적 자아를 좀 내려놔야 하는 거지."

"아... 진짜 자아를 완전히 바꾸긴 어려우니까 현실과 동떨어진 이상적 자아도 바꿔야 한다는 거네요? 근데 그럼 결국 타협하고 포기하라는 소리처럼 들리는데 그게 과연 높은 자존감에 도움이 될까요?"

"이상적 자아를 포기하라는 게 아니라 자신의 진짜 자아를 좀 더 존중해주자는 거지."

"으흐음..."

"우리 존중이란 단어의 뜻을 생각해볼까? 우리가 사회에서 도저히 존중하기 힘든 사람들의 특징이 뭐가 있을까?"

"음, 뭐 말도 안 되는 소리를 한다거나, 범죄자? 슬픈 일이지만 가난하고 힘없는 사람들도 보통 존중받기에 불리하죠."

"그렇지? 우리는 나와 생각이 같고, 똑똑하고, 능력 있고, 멋지고, 인정받는 사람들의 행동과 말을 훨씬 쉽게 존중하지? 그런데 그건 사실 너무나 당연해서 마땅한 존중이고, 그냥 존경인 거야. 대단하고 어려운 존중이란 나와 의견이 다르고, 내가 싫어하고, 힘없는 사람들의 말과 행동을 받아들이는 거지."

"아! 그러니까, 자기 수용력이 높으면 내가 싫어하는 안 좋은 특징들을 스스로 가지고 있어도 자신을 존중할 수 있게 된다는 건가요?"

"응. 자기 수용력이 높다는 건 나의 진짜 본성이 무엇이든 간에 문제없이 이해하고 수용할 수 있다는 뜻이니까."

"음... 그럼 평소에 자기 수용력이 높은 사람은 자존감도 높은 거라고 말할 수 있겠네요."

"그럴 가능성이 매우 높지. 사람은 살면서 필연적으로 수많은 우여곡절을 겪어야 하고, 그렇게 겪는 사건에 따라 자존감은 흔들릴 수밖에 없겠지? 하지만 자기 수용력이 높은 사람은 쉽게 흔들리지 않거든. 나를 수용하면 내가 나에게 잘못을 저질렀을 때 용서하기가 쉬워지니까. 자기 수용력은 마음의 면역력이라고 할 수 있지."

타인을 대하는 태도는
나를 대하는 태도다

"아... 자기 수용력은 마음의 면역력. 그렇구나... 음...
그럼 어떤 사람의 자존감이 높아 보인다고 해서 그 사람
이 반드시 자기 수용력이 높은 건 아니겠네요? 단순히 당
장의 상황이 좋아서 자존감이 높은 걸 수도 있으니까요."

"맞아. 누군가의 자기 수용력이 정말 높은지 알 수 있는
방법이 있어."

"어떻게요?"

"타인을 어떻게 대하는지 보면 돼. 타인을 볼 때 나쁜
점, 자신과의 차이점을 보며 진심으로 혐오하고 미워한
다든지, 좋은 점, 공통점을 보며 과도하게 찬양하는 건
낮은 수용력의 증거일 수 있어."

"흐음... 뭔가 알 거 같기도 하고."

"타인을 존중할 줄 알아야 자신도 존중할 수 있는 거거든. 예를 들어, 인격장애 수준의 나르시시스트는 자기와 조금이라도 의견이 다른 사람, 자기가 조금이라도 싫어하는 특징을 가진 사람을 만나면 어떻게든 꼬투리를 잡고 공격해서 끌어내리려고 해. 그러지 않으면 자신이 틀렸을 수도 있다는 부정적 감정 때문에 견딜 수가 없거든. 자신이 틀렸다는 건 이상적 자아에 도달하지 못했다는 증거가 될 수 있고, 나르시시스트는 자기 수용력이 낮기 때문에 이상 속의 자신과 현실의 자신이 조금이라도 어긋나는 걸 극도로 싫어하는 거지. 자신의 자존감을 지키기 위해 스스로를 수용하는 게 아니라 타인을 공격하는 방법을 택한 거야."

"아, 이해했어요…"

"근데 문제는 이게 평범한 사람들도 마찬가지라는 거지. 자기가 싫어하는 특징을 가졌거나 다른 의견을 가진 사람을 존중하지 않고 진심으로 싫어하는 사람은 결국 자기 스스로가 자기 생각 같지 못하거나 스스로 싫어하는 환경에 처할 때 자기 자신을 진심으로 혐오하고 미워하게 된다는 거야. 불행감을 느낄 때 나르시시스트는 자기 잘못을 인정 못 하니 억지로 남에게 잘못을 전가하는 반면 평범하게 자기 수용력이 낮은 사람은 불행감을 느낄 때 자기혐오에 면역 없이 노출된다는 거지."

"아... 불행이 닥쳤을 때 자기 수용력이라는 면역력이 작동되지 않는 거네요. 아무리 자기를 사랑하고 자신감 있게 사는 사람처럼 보여도 남을 존중하지 못하는 사람은 언젠가 스스로를 사랑하도록 해준 그 요소들을 잃었을 때 자기혐오에 심하게 빠질 수 있다는 거죠?"

"응. 그렇게 사람이 자기를 미워하게 되면 불행한 상태를 벗어나기가 아주 힘들어. 사람이 자신을 대하는 태도는 결국 남을 대하는 태도와 같은 거야. 보통 부정적인 의미로 사용하는 자기 연민이란 말은 자기혐오의 뜻으로 잘못 사용하는 경우가 많아. 사실 자기 연민은 아주 긍정적인 감정이거든. 불쌍한 사람을 보면 도와주고 싶은 마음이 들듯 자신을 불쌍하게 여길 때 그제야 자신이 행복했으면 하는 마음이 드는 거니까. 자기 수용이 바로 이런 자기 연민을 할 수 있게 만들어 줘. 반면에 자기혐오는 아주 무서운 감정이야. 자기를 미워하니 자기가 행복해지지 않았으면 좋겠다는 생각이 들지. 미워하는 다른 사람을 저주하듯이 내가 미우면 그렇게 나를 저주하게 돼. 난 못해, 하지 마, 난 행복할 자격 없어, 제발 죽어, 이러면서 말이야. 스스로 행복하길 바라지 않으니 나아지려는 노력조차 할 수 없어. 일부러 몸에 나쁜 걸 먹고, 일부러 사소한 것도 절제하지 않고, 세상에게 공격받길 바라는 마음으로 내가 먼저 세상에 공격적이며, 종래엔 자해까지 하게 되는 거야."

"아... 이걸 완전 공감할 수 있다는 게 너무 슬프다."

"아이구... 이렇게 사랑스러운 시화인데 어쩌다 그리 아팠을까..."

"미워할 사람이 없는데, 누구라도 미워하지 않고는 버틸 수가 없어서 저를 미워했던 거 같기도 해요. 희희. 근데 이제 정말 많이 괜찮아졌어요. 저를 용서하고, 이해하고, 잊으려 노력하고. 재밌고 잘하는 거 조금씩 하면서 저를 어떻게든 좋아해 보려고도 해보고. 그리고 언니 말처럼... 그래, 이게 나야. 이렇게 부족한 게 나구나... 그래도 난 운이 나빴고 불쌍한 거지, 미운 사람이 아니야. 어떤 면은 나도 꽤 괜찮기도 하구나, 하면서 저를 최대한 받아들이고 나니까 어느샌가 그 늪에서 진짜 빠져나가려 노력하는 제가 보이더라고요. 그 늪이 내 집이라고 생각했었는데. 저 너무 대견하죠?"

나를 받아들여야 더 잘할 수 있다

"근데 약간 신체랑 비슷하네요. 자존감이 표면적인 건 강이라면 자기 수용력은 면역력. 그리고 그런 자기 수용력이 높으면 자존감을 지키는데 유리한 거고요. 자기 수용력이 높아야 내가 뭔가 잘했을 때 더 적극적으로 나를 칭찬해줄 수도 있을 거 같아요. 면역력 낮은 사람은 지금 자신이 건강하더라도 언제 또 아플지 걱정할 것 같달까?"

"와, 맞아. 자기 수용력이 낮은 사람은 내가 뭔가 잘했을 때도 자기 긍정감이 높아지기보단 다음 문제를 미리 걱정하며 불안에 빠지기도 해. 그리고 더 심한 경우엔 이번에만 뭔가 문제가 있어서 잘 됐을 뿐이라며 어떻게든 내 미운 점을 찾으려 하기도 하지. 간혹 자기 수용력이 낮아야 잘 노력할 수 있을 거라는 착각에 빠질 수 있는데, 낮은 자기 수용력으로 해결할 수 있는 일은 아주 쉬운 일들

뿐이야. 당장 자기가 가진 능력으로 해결할 수 있을 거란 완전한 확신이 드는 일들 말이야. 왜냐하면 자기 수용력이 낮으면 복잡하고 어려운 문제에 대한 두려움이 커지거든. 그 문제를 못 풀었을 때 느낄 자기혐오가 무서우니까. 자신이 가진 단점을 억지로 모른 척하거나 나르시시스트처럼 외부의 탓으로 돌리기도 하니 발전하기 어렵지. 하지만 자기 수용력이 높으면 내 단점을 똑바로 성찰하기도 쉽고, 문제를 못 풀어도 괜찮다는 자기 존중이 있으니 어려운 문제에 도전하는 걸 두려워하지 않아. 그리고 현대의 경쟁 사회는 평균 이상을 해야만 평균의 결과를 얻을 수 있기 때문에 현대의 도전할 문제들은 필연적으로 평범보다 어려운 쪽이 더 많지. 그러니 당연히 자기 수용력 높은 사람이 효용성 면에서도 유리할 수 밖에."

"그렇구나... 근데 자기 수용력이 높다고 해서 반드시 자존감이 높은 건 아닐 거 같아요. 아무리 면역력이 높아도 매일 교통사고 당하면 건강할 수 없잖아요."

"오, 그렇긴 하지. 아무리 자기 수용력 높은 사람도 이별하거나 일이 잘 안되거나 몸을 다치면, 똑같이 슬프고 무기력하고 불행한 거니까. 이때 자기 수용력의 역할은 자신을 미워하지 않고 빨리 용서할 수 있게 해주는 거지."

"음... 이해돼요. 음? 근데 그럼 이론적으로 아무리 자기 수용력이 낮아도 평생 좋은 일만 겪으면 평생 행복하게 살 수도 있겠는데요?"

"그럴 수 있지. 대신 아주 작은 문제에도 크게 불행감을 느끼고 오래도록 벗어나기 힘들 거야. 현실적으로 불가능에 가까운 거지. 예를 들어 자기 수용력이 낮다는 건 내면에 자기혐오가 잠재해 있다는 뜻이기 때문에 아주 사소한 문제에도 '나한테만 그러는 거지?' 하는 피해 의식이 강하게 발생할 수밖에 없고, 필연적으로 타인에 대한 수용력도 낮기 때문에 인간관계 트러블이 생길 확률도 높지."

"아하... 그렇구나. 음... 자기 수용력은 남을 대하는 태도에서 알 수 있단 게 많이 흥미로운 거 같아요. 그러네요. 남을 존중하는 법을 알면 자신이 남처럼 느껴질 때도 존중할 수 있겠죠. 무슨 말인지 슬슬 이해 되는 거 같아요. 근데 그럼 이런 자기 수용력은 어떻게 해야 키울 수 있을까요? 남의 입장에서 생각하는 연습을 하면 되나?"

"응. 좋다고 생각해. 그리고 자기 스스로 역시 타인 보듯이 관찰하며 이해하고, 위로하고."

"아... 이거 뭔가 좀 심오한 감동이 있다. 내 자존감을 키우기 위해 남의 입장에서 생각하는 연습을 하다... 어, 근데 이거... 그 뭐더라? 언니, 그거요."

"왜? 뭐였는데 그게?"

"아! 우리 공감 얘기할 때요. 반드시 행복해지는 법으로 공감하고 성찰하는 삶 얘기했었잖아요. 그때 얘기했던 것 중에, 어떤 감정이 들면 왜 이런 감정이 들까 성찰하고, 이해할 수 없는 남의 행동을 그 사람 입장에서 공감해보도록 노력하고, 뭐 그런 얘기했었던 거 기억나서요."

"와, 그러네?"

"그런 과정이 결국 내 진짜 자아를 찾고 자존감을 높이는 연습인 거 같은데요?"

"진짜 그렇다."

"그럼 수용력 높은 사람이 곧 공감을 잘하는 사람이라고 할 수도 있겠네요? 그리고 수용력 높은 사람이 불행에서 빨리 벗어날 수 있는 거니까 그때 언니가 얘기해준 게 맞다고 증명된 건가? 공감하는 삶이 행복해지는 삶이다?"

"킥킥. 엄밀히 말하면 조금 다른 거 같기도 하고?"

"그래요?"

"수용, 존중한다는 건 상대의 도저히 공감할 수 없는 부분도 존중한다는 거니까."

"아."

"근데 그래도 공감이 더 대단한 거 같아. 존중은 상대의 감정까지 이해하진 못할 수 있지만, 공감은 감정까지 이해해주는 거잖아. 그러니 반대로 공감할 줄 아는 사람은 수용력도 높다고는 할 수 있겠다. 공감을 잘한다는 게 꼭 타인에게만이 아니라 내 마음에도 스스로 공감할 수 있는 거니까 당연히 수용력도 높겠지."

"으흠. 그러네요. 그럼 자기 수용력이 높으면 큰 불행에 빠지는 것도 예방되고 내가 잘했을 때 자기 긍정감도 쉽게 느끼니까 자기 수용력이 높으면 어쨌든 무조건 좋긴 하겠네요?"

"웬만하면 거의 그렇지만, 예외도 있긴 해. 사람, 상황에 따라 높은 수용력, 혹은 자아실현 하는 삶이 오히려 자신을 불행하게 하는 경우도 있어."

"또 완전 새로운 얘기네요. 와, 즐거워라! 근데 언니, 저 갑자기 전두엽이 좀 아픈 거 같아서..."

"어머, 딴 이야기할까? 뭐 보러 갈래?"

"아뇨, 조금만 쉬었다가 다시 얘기해주세요. 저희 저거 크레이프 맛있어 보이는데 시켜서 나눠 먹을래요?"

"좋네. 커피랑 어울리겠다."

자아실현 하는 삶은
오히려 불행할 수도 있다

"이번 크레이프 좋았어요. 꽤 성공적."

"다음에 또 오면 저거 먹자. 옆에 거."

"네. 저것도 맛있어 보여요."

"그니까."

"먹고 먹고 또 먹은 후에 다음에 먹을 거 정해두는 우리. 제법 돼지스럽네요."

"그거 돼지 비하 발언이야."

"아니요, 우리 비하 발언인데요?"

"아. 그럼 인정."

"킥킥. 아, 근데 진짜 평생 처음 듣는 말인 거 같아요. 자아실현 하는 삶이 오히려 불행할 수도 있다니."

"그런 거 관심 없는 사람이 제일 문제 없이 살고 있다는 거지 뭐."

"네? 키키. 아니요 관심 있습니다. 언니 괜찮으면 아까 얘기 이어서 해줄 수 있어요?"

"그래? 음... 그럼 이것부터 다시 이야기해볼까? 자존 감이 높다는 건 곧 이상적 자아와 현실적 자아가 가깝다 는 거고, 그러니 자존감을 높이기 위해선 필연적으로 둘 사이의 괴리를 좁혀야 하겠지?"

"그쵸?"

"그런데 이런 현실적 자아는 내가 선택하지 않은 유전 자와 내가 선택하지 않은 성장 환경에 의해 만들어진 것 이기 때문에 결코 내 기대와 같기 힘들다는 거야. 성장 하고 독립해서 내 환경을 스스로 선택한다 하더라도 어 린 시절 형성된 본성을 바꾸는 건 몹시 힘든 데다가 타 고난 유전자가 가진 고유의 성격도 무시할 수 없지. 원 시 인류는 같은 곳에 머물기보단 다양한 환경 변화를 겪 으며 진화했기 때문에 적응력 높은 뇌로 가졌고, 그래서 인간은 평범한 서식 동물보다 환경에 쉽게 적응할 수 있 지만 그렇더라도 한계가 있으니까. 예를 들어 인간은 2 년 정도 지나면 배우자에게 성적인 설렘을 잘 못 느끼도 록 진화했지. 드라마나 소설에서 배운 데로 영원히 설레는 사랑을 진실로 믿고 꿈꾼다 해도 타고난 유전적 본성을 거스를 순 없는 거야. 물론 쾌락과 행복이 다르듯, 성욕과 사랑도 다르니 설렘이 없다고 사랑하지 않는 건 아니지만."

"아…"

"그렇게 정말 바뀌기 힘든 자신의 고유 본성이 있기 때문에 어쩔 수 없이 현실적 자아를 수용하고 이상적 자아를 다소 타협하는 방향으로 자존감을 키워야 하는 경우도 있는 거지."

"그렇구나… 네."

"그런데 자신이 타고난 속물적이고, 게으르고, 혹은 폭력적인 본성까지 온전히 나의 것으로 수용하다 보면 그러한 본성을 악한 것으로 규정하는 사회에선 내 존재 자체가 부정당할 수도 있겠지? 그러면 난 대체 왜 이런 사람일까 하는 죄책감, 사회에 대한 원망감에 빠질 수도 있을 거야. 스트레스에 의해 억제력을 조절하지 못했을 때 범죄에 노출될 가능성도 있겠지."

"아… 음, 그런 경우 수용력이 높으면 확실히 불행할 수도 있겠네요…"

"응. 그런데 이거 자체는 그렇게 큰 문제도 아니야."

"그럼요?"

"자존감이 높다는 건 실제 자아가 이상적 자아에 가깝다는 거고 자아실현이란 그 실제 자아가 원하는 삶을 사는 거지?"

"네."

"이때 만약 악한 본성을 지녔지만 높은 자존감을 갖춘 사람이, 그러니까 자신의 악한 본성을 오히려 긍정적으로 수용한 사람이 자아실현 욕구를 절제하지 못할 때, 심각한 악인이 되거나 스스로 크게 불행해질 가능성이 높은 거지."

"헐... 아... 극단적으로 말해서 어떤 사람의 경우 자아실현 하면 끔찍한 범죄자가 될 가능성도 있는 거네요... 법이라는 게 없었으면 많은 사람들이 자아실현 하다가 지구 대전쟁이 일어날 수도 있겠는데요?"

"그럴 수도 있겠지. 과거 끝없는 생존 싸움에서 다른 동물을 밟고 살아남은 조상의 후대가 바로 우리니까. 우리가 과거 생태계에서 유전자 안에 축적한 폭력성을 법이 많이 억제해주는 거야. 물론 인간에겐 폭력성뿐만 아니라 내 사람들을 보호하고 다른 이들에게 도움이 되고자 하는 아름답고 이타적인 본성도 존재하니 인간 본성 자체가 악하다고 한다면 선입관이지. 그리고 법 말고도 사람들이 이런 거친 본성 때문에 불행해지는 걸 어느 정도 방지해주는 장치가 있어."

"어떤 거요?"

"아까 사회의 세뇌로 만들어진 욕구가 자신의 본성인 줄로 착각하는 경우도 있다고 했었지?"

"네."

"그러한 세뇌가 일어나지 않는 사회는 없다고 봐도 좋아. 어떤 문화권에서 태어나도 그 문화가 요구하는 종교적, 사회적 신념과 정의가 있잖아."

"그렇겠죠."

"이때 그렇게 어릴 때부터 체득시키는 세뇌가 바로 그 문화권에 큰 문제 없이 녹아들게 해주는 백신이라는 거지."

"아... 그러니까, 인간의 원시 본성으로 현대 문명에 살면 불행할 가능성이 높으니까, 그 사회에서 태어나는 모든 사람의 본성을 그 문화에 맞는 것으로 세뇌시킨다는 거죠? 그게 나쁜 게 아니라 오히려 사람들을 불행으로부터 보호해주는 백신이고요."

"그런 관점으로 볼 수 있지. 그렇게 하는 게 전체적인 생산성에 유리하다는 게 앞선 요점이겠지만... 어쨌든, 그 세뇌는 우리를 큰 불행에서 보호해주는 백신이 돼주고, 대신 그로 인해 생긴 허상적 욕망에 의해 스스로도 이해할 수 없는 자기모순을 꾸준히 겪게 해. 내 심장이 바라지도 않는 걸 바라라고 뇌에 주입 시켰으니까. 그러므로 자존감을 높이는 데는 불리하지만 그렇더라도 차라리 그 모순을 좀 겪는 게 나 자체가 사회에서 부정당하거나 범죄에 노출되는 것보단 나은 거지."

"와... 음, 그럼 그 세뇌라는 백신을 안 맞은 사람들, 달리 말하자면 문화가 너무 다른 곳의 사람들을 갑자기 접한 사람은 어떤 걸 느낄까요?"

"그런 경우엔 음, 예를 들어 그 문화가 끔찍한 것일 때 반응은 크게 두 가지로 나뉘지. 일단 미개하다며 혐오하는 사람들이 있을 거야. 우리가 아까 했던 이야기에 의하면 이 사람들은 수용력이 낮은 사람들이라 할 수 있겠지. 굴곡 없는 삶이란 없으니 이들은 꾸준히 자존감에 상처 입는 삶을 살아야 할 거야. 세상을 적처럼 느낄 일을 자주 겪겠지. 반면에 수용력 높은 사람들은 문화니까 존중은 하되, 자기는 도저히 그 문화권에서 살고 싶진 않다고 생각할 거야."

"아... 근데 너무 끔찍한 문화를 보고도 화를 안 내는 건 수용력이 높다기보단 감정이 없는 거 아니에요?"

"너무 극단적으로 끔찍한 문화라면 그런 생각이 들 수도 있지만, 한국의 보신탕을 보는 외국인 정도로 생각해 봐. 동물을 신으로 모시는 종교도 있듯이 개를 신으로 모시는 문화가 있다면 그 문화권 사람들은 개를 취식하는 사람에게 미개하다며 비난할 수도 있을 거야."

"아... 음, 이해는 했는데 그래도 뭔가 불편한 게, 그 문화가 객관적으로 정말 정의롭지 못하다면 화를 내고 비판해야 바뀔 수 있는 거잖아요."

"문화에 객관적이란 건 없는 거니까. 더 극단적인 예시를 들으면, 문화적 신념에 따라 아이를 잔인하게 제물로 바치는 게 정의가 될 수도 있고 부모의 병을 치료하지 않는 게 정의가 될 수도 있어. 물론 이런 극단적인 문화는 인간 본성에 어긋나기에 자기 아이와 부모를 지키고 싶은 마음이 들겠지만 그 사람은 문화가 잘못됐다고 여기는 게 아니라 자신이 잘못됐다 여기며 죄책감을 가지겠지. 그런 문화를 윤리적이고 도덕적이라고 교육받았을 테니까. 문화가 잘못됐다고 욕하는 사람이 그 안에선 더 잘못된 사람이 될 거야."

"음…"

"불편한 마음이 들지?"

"네… 그렇게 따지면 세상에 잘못된 게 하나도 없잖아요."

"존중하는 것과 용납하는 걸 다르게 하면 돼. 혐오하거나 미워하진 않더라도 시화 말처럼 비판하고 바꿔보려 노력할 순 있는 거지. 그 어떤 특이한 문화라도 그 문화권 안에 태어나 그 문화에 완전히 결속되어 자란 사람은 그 문화의 특이점을 알 수 없는 것처럼, 아무리 이상한 생각을 하는 사람이라도 그 사람이 그렇게 생각할 수밖에 없는 이유가 반드시 있을 거야. 그러니 수용력 높은 사람은 이런 점을 알고 내 생각과 다른 것을 볼 때 이해 못 하거나 불쌍해할지언정 미워하지는 않는 거지. 행동과 생각이 위험한 사람이 있다면 강하게 비판하고 반대해야 하지만, 동시에 그 사람의 마음을 존중할 줄 알아야 하는 거야. 그 사람을 위해서보다 바로 나 자신의 자존감을 위해서."

"아… 이게 진짜 죄는 미워해도 사람은 미워하지 말라는 말의 뜻이네요…"

본성도 바뀐다

　"이해했어요. 정리하면, 어느 정도는 자기 본성적 자아가 억눌린 채 사회가 요구하는 자아로 세뇌되어 사는 게 그 사회에서 살기엔 더 행복하다는 거네요. 근데 언니 말에 의하면 본성이란 건 웬만해선 안 바뀌는 거 아니에요? 자신이 원초적으로 가진 자아를 속이고 사회가 세뇌시킨 자아로 살면 언니가 말했듯이 자기모순을 겪어야 하고, 내가 왜 우울한지도 모르고 우울한 경우가 생기는 거잖아요. 그럼 과연 그렇게 본성마저 세뇌되어 사는 게 행복할까요?"

　"그게 사실 현대인들 우울감에 일정 부분을 차지하지. 하지만 희망적인 건 그 세뇌 당한 자아가 단순히 착각이 아니라 진짜 나의 본성적 자아가 되기도 한다는 거야."

　"음... 적응일까요?"

"응. 습관이 천성을 이긴다는 희망적인 말도 있듯이, 선천적인 본성마저도 환경이나 노력에 의해 바뀔 수 있어. 원시 인류는 다양한 환경 변화를 겪으며 진화했으니까. 그러한 변화에서 살아남으려면 에너지 소모를 감수하더라도 유연하게 적응할 수 있는 능력이 필요했겠지."

"그렇구나... 하긴, 그렇게 선천적인 본성도 바뀔 수 있으니 같은 종의 인간끼리 그리도 다양하게 생각이 다를 수 있는 거겠죠..."

"응. 대신 생존, 번식과 직접적으로 연관된 본성일수록 바뀌기가 힘들고."

"음... 그래요?"

"응. 아주 원초적인 본성, 이를테면 식량에 대한 욕구나 좋은 연인에 대한 욕구 말이야. 예를 들어 타인과의 관계를 포기하고 사는 게 불가능한 건 아니지만, 그로 인해 뇌가 일으키는 외로움을 막는 건 어떤 노력으로도 무척 힘들지. 어릴 때의 트라우마가 쉽게 없어지지 않는 것도 비슷한 이유야. 인류가 다양한 환경 변화를 겪으며 진화했다고는 하지만, 그렇더라도 그 변화가 현대만큼 심하진 않았을 테니까. 현대인들은 한 인생을 살면서 아주 많은 환경 변화를 겪지? 하지만 과거 인류는 나이에 따른 의무 변화와 계절 변화를 제외하고는 어릴 때의 몇 년간 환경이 평생 살아가야 할 환경인 경우가 대부분이었거든. 즉, 어릴 때 트라우마는 트라우마의 원인으로부터 그야말로 일평생 보호해주는 좋은 장치였던 거고, 그 트라우마의 원인이 있는 환경으로부터 완전히 벗어나는 일은 거의 일어나지 않았기 때문에 혹여 완전히 벗어나도 우리의 원시 뇌는 벗어난 걸 깨닫지 못하는 거지. 적응은 에너지를 소모하거든. 적응할 필요성이 없는 일엔 적응 못 하도록 진화한 거야."

"아... 그렇구나... 그래서 언니가 현실적 자아를 존중하는 걸 중요하게 말한 거였네요..."

"으흠."

"재밌네요... 근데, 아무리 큰 노력이 필요하더라도 어쨌든 타고난 본성을 어느 정도는 바꿀 수 있다는 거니까, 어찌 보면 이 정도도 엄청 대단한 거 아니에요? 사회의 세뇌로 생긴 허상적 자아가 일부지만 진짜 내 본성이 될 수도 있다는 건, 개인의 꿈과 같은 이상적 자아도 그렇게 될 수 있다는 거잖아요."

"맞아. 그래서 너무 비현실적이진 않되, 적당히 이상적이고 선한 자아상을 그리며 살아야 된다고 생각해. 어찌 됐든 자기가 꿈꾸는 자아에 따라 노력의 방향성과 열정이 변하는 것도 사실이니까. 실제로 사람은 스스로를 어떻게 생각하느냐에 따라 성격과 능력이 달라지기도 하잖아."

"아... 자신에게 조금은 선의의 거짓말을 하고 살아도 된다는 거네요. 생존, 번식과 크게 연관된 본성이 아니라면 사는 동안 얼마든지 바뀔 수 있는 거니까요."

"응. 물론 이미 형성된 본성을 바꾸는 게 쉬운 일은 아니지만, 적어도 노력이 무의미하진 않은 거지. 뇌는 무언가가 생존 번식에 이득이 된다고 느끼면 그것을 더 잘할 수 있도록 도와주니까. 예를 들어 소심하거나 대범한 성격들은 생존 번식에 직결되는 원초적인 본성은 아니지? 이런 경우엔 우리가 겪는 경험에 맞춰 적응될 수 있어. 그러니까, 아무리 대범한 사람도 도전에 실패하는 경험을 꾸준히 오래 겪으면 소심한 사람이 될 수 있고 아무리 소심한 사람도 도전에 성공하는 경험을 꾸준히 오래 겪으면 대범한 사람이 될 수도 있는 거지."

"아... 신기하다. 그러면 과거에 이타적으로 사는 게 생존에 도움될 때도 있고 이기적으로 사는 게 생존에 도움될 때도 있었을 테니 이타적으로 사는 것만이 완벽히 이득이 되는 환경에 오래 노출되면 그 사람의 본성이 이타적으로 변할 수도 있겠네요?"

"오, 그렇게 볼 수 있지."

"예를 들어 눈앞에 작은 취득만이 항상 이득을 주던 환경에서 어떤 사람의 본성이 이기적이었는데, 그 사람이 이타적인 행동으로 항상 더 큰 이득을 얻는 환경에 오래 있게 되면 본성도 진정 이타적으로 변할 수 있단 거죠?"

"맞아. 물론 인간 사회의 현실엔 조금만 이기적으로 살아도 큰 쾌락과 이득을 주는 유혹이 너무나 많으니 구현되기 힘든 조건이겠지만, 물질적인 걸 떠나 모든 이타적인 행동이 자기 마음에 최종적으로 행복을 준다고 인지 해석할 수 있다면 그것만으로 본성이 이타적으로 변하는 것도 어느 정도는 가능하겠지."

"아... 내 본성을 바꾸기 위해선 어떤 환경에서 어떤 노력을 하느냐도 중요하지만, 내가 어떻게 생각하느냐도 중요하다는 거네요."

"맞아."

"음... 생각할 거리가 생겼네요. 이건 집에 가서 따로 고민하는 시간을 좀 가져봐야 될 거 같아요."

"너무 좋다."

"결국 언니 이야기를 정리하면, 행복을 위해서 나와 타인을 있는 그대로 존중하는 수용력을 기르되, 발전을 위해서 이상을 꿈꾸고 노력하는 것도 멈추지 말아야 한다, 이 정도일까요?"

"와… 너무 좋다. 내가 주저리주저리 떠들었던 것보다 시화의 한 문장이 더 의미 있게 느껴지네?"

"앗, 희희."

노력도 재능일까?

"당장 내 입으로!"

바삭-

"이쁘게 생긴 게 맛도 참 좋구나."

"아! 사진도 안 찍고 먹으면 어떡해요..."

"하나 더 시켜서 찍으렴."

"흑. 언니 돼지."

"나 돼지야? 그럼 그냥 코 박고 먹어야겠다. 아고, 머리
카락."

"아잇, 진짜..."

"빨리 니 몫을 사수하렴. 돼지가 다 먹는다."

바삭-

"와. 진짜 건강에 나쁜 맛이다. 너무 좋아요."

"존맛?"

"네. 존맛. 왜 맛있는 것들은 다 살찌는 음식인 걸까요."

"먹고 운동해서 건강하라고."

"먹기만 하고 운동하긴 싫어요."

"산다는 건 자기 건강을 해치는 일과 지키는 일의 밸런스를 조율해나가는 것이지."

"명언이네요. 인생은 살쪘을 때와 빠졌을 때로 나뉜다는 말도 있어요."

"그거 흑백논리야. 나처럼 덜 빠지고 덜 찐 중급 돼지 상태로 사는 사람도 있어."

"고급 돼지 되려면 분발하셔야겠네요."

"응. 그니까 시화는 그만 먹어. 나 고급 될 거야."

"아, 진짜."

"후후."

"세상에 맛있는 게 이렇게 많은데 막 몇십 킬로 다이어트 성공하는 사람들은 어떻게 하는 걸까요?"

"그럼 시화 넌 어떻게 안 찌는 거니?"

"저는 겨우 유지만 하는 거죠... 유지도 힘들어요. 조금만 방심하면 이, 삼 킬로 확 찌고 그러는데."

"기만자 시화 같으니."

"전혀요. 그러고 보면 배우들은 막 이십, 삼십 킬로씩 찌웠다 빼고 그러잖아요. 입금 전과 후의 차이."

"맞아. 대단해."

"그러니까요. 저도 입금해 준다고 하면 그렇게까지 찌웠다 뺄 수 있을까요? 솔직히 말도 안 되게 힘들 거 같은데."

"배우들은 확실한 동기가 있으니까."

"에이. 아무리 프로라 해도 모든 사람이 다 그렇게 마음대로 몇십 킬로씩 찌웠다 뺐다 하는 건 불가능할 거 같아요."

"힘들긴 할 거 같아. 건강상의 문제도 있을 수 있고. 그래도 단순히 다이어트만 하는 게 아니라 구체적인 보상도 있고 직업적 자부심도 있을 테니 그 과정에 뿌듯함도 많이 느낄 거 같아."

"하긴, 그렇겠죠. 음... 제 친구 중에 식욕 때문에 진짜 힘들어하는 애가 있거든요? 어느 정도냐면, 걔가 진짜 하루도 안 빠지고 밤낮으로 뛰면서 운동하는데도 솔직히 좀 뚱뚱해요. 병원에 가서 약도 먹고 정신상담도 받거든요. 근데 자다가 새벽에 갑자기 일어나서 막 이것저것 집어먹고 다시 자더니 금방 또 일어나서 목젖에 손가락 넣고 토하더라고요. 울면서요. 그래 놓고도 다음 날 되면 자기도 모르게 막 먹는다고, 오죽하면 차라리 죽는 게 낫겠다 말할 정도로 힘들어하는데... 안쓰러워요."

"안타까워라... 그렇게 아픈 친구도 있구나... 병원 다니는데도 그래?"

"그러더라고요... 병원도 한 곳만 가는 게 아니라 여러 곳 다니는 거 같던데... 이젠 마음속으로 응원해주고 같이 있어주는 거 말고는 해줄 게 없는 거 같아요."

"그러게... 괜히 오지랖 부리다가 더 상처 줄 수도 있겠지. 이미 병원도 다닌다는데."

"맞아요. 요즘 들어서 든 생각인데 어쩌면 노력도 재능 아닐까 싶어요."

"흐음?"

"저번에 언니가 모든 사람들이 다들 나름의 최선을 다하고 있는 거 아닐까라는 식으로 얘기한 적 있잖아요. 그 말도 계속 생각나고요. 옛날에는 노력도 재능이라고 하는 사람들 보면 게으름뱅이가 핑계 댄다고 생각했었는데, 제 친구 같은 사람들도 분명히 있을 거고, 집중력 장애나 절제 장애, 이런 병들도 분명히 존재하는 병이잖아요? 이런 사람들은 책 한 페이지 다 읽기도 힘들어한다는데 그게 과연 노력의 문제인가 싶어요."

"그런 장애로 예시 드는 건 너무 극단적인 거 같아. 하지만 확실히 절제력, 인내력, 집중력, 이런 노력의 범위라고 생각되는 능력들도 어느 정도 태어날 때부터 타고나거나 환경에 의해 결정되는 부분이 있긴 있는 듯해."

"환경도 재능일까요?"

"글쎄, 시화는 어떻게 생각해?"

"음, 똑같은 유전자를 타고나더라도 가정환경이나 친구, 받은 교육에 따라 다른 사람이 되긴 하겠죠. 공장에서 만든 정교한 물건도 누가 어디서 쓰느냐에 따라 수십 년 깨끗하게 쓰기도 하고 금세 꼬질꼬질해지기도 하는 것처럼요."

"그러네. 나도 그게 맞는 거 같다."

"근데 그러면 세상에 재능 아닌 게 없는 거 아니에요? 부모도 환경이고, 태어난 나라, 문화, 재산, 모든 게 환경이잖아요. 환경마저 재능이라는 건 너무 운명론 아닌가 싶은 느낌?"

"그러게. 근데 같은 환경일지라도 어떤 노력을 하느냐에 따라 다르지 않을까?"

"그렇죠. 근데 제 말은 비슷한 환경, 비슷한 능력인데도 불구하고 어떤 사람은 노력으로 벗어나고, 어떤 사람은 못 벗어난다면 그 노력마저 재능 아닌가 싶은 거예요. 노력이 공평한 거라면 비슷한 능력과 환경 안에서 최소한 열정의 양은 같아야 하는데, 아니잖아요."

"오, 어렵네."

"그쵸? 예를 들어 꽤 방치해도 울지 않는 아기가 있고 아주 조금만 방치해도 우는 아기가 있잖아요. 지능이나 신체가 타고나는 것처럼 인내심 같은 것도 그렇게 어릴 때부터 차이가 난다는 뜻일 텐데."

"그렇군... 노력과 재능의 본질적인 차이는 내 시간을 투자해서 바꿀 수 있는가, 없는가의 차이지. 그런데 시화 말은 노력하는 능력조차 바꾸기 힘든 재능일 수도 있다는 거지?"

"완전히는 아니지만, 그런 부분도 있을 거라고는 생각이 들어요."

"음, 그럼 이렇게 생각해보는 건 어떨까? 노력하기를 잘하는 사람은 노력은 노력이라고 생각하는 게 맞는 거고, 노력하기 힘든 사람은 노력도 재능이라고 생각하는 게 맞는 거지."

"음... 좀 불편한데요? 더 얘기해주세요."

"사람들은 보통 재능보다 노력이 더 숭고한 거라고 생각하잖아? 때문에 처절한 자수성가 이야기에 그렇게 많은 사람들이 감동받는 거겠지. 유명한 자산가가 그 자리에 오르기까지 얼마나 노력했는지를 궁금해하고 말이야. 누가 봐도 재능 있는 운동선수가 자신은 재능을 믿지 않는다고, 노력이 전부라고 말할 정도로 노력이란 건 아름다워 보이지. 그러니까, 노력하기를 잘하는 사람은 자신의 노력에 자긍심을 가질 수 있도록 노력은 노력이라고 생각하는 게 앞으로도 더 잘 해내는데 유리할 거야. 이런 사람들은 적절한 취미생활과 휴식으로 자신이 번 아웃에 빠지지 않도록만 잘 관리하면 많은 것을 성취하게 될 가능성이 높겠지."

"으흠. 이건 이해가 돼요. 근데 반대로 노력이 힘든 사람이 노력을 재능이라고 받아들이면 그냥 원래 난 안돼, 하며 포기하게 되지 않을까요?"

"내가 남들보다 게으르고 한심하다고 느낄 때 큰 자책감, 무기력감이 찾아오잖아? 그렇다는 건 노력이 얼마나 중요한지 아는 사람일수록 자기 자신이 통제가 안 될 때 더 큰 무기력감을 느낀다는 거겠지?"

"그렇겠죠?"

"전에 우리 같이 이야기했듯이 무기력감은 지금 하는 일에 의미가 없으니 다른 일을 찾으라고 내 신체가 보내는 신호지. 그런데 노력이 힘들어서 무기력감을 느끼는 사람이 노력은 노력일 뿐이라고 생각하면 잘 되지도 않는 노력을 하기 위해 계속 노력만 하다가 더 큰 무기력 감을 느끼는 악순환에 빠질 거야. 그 끝에 있는 건 회복하기 힘든 심각한 무기력증이지."

"아... 노력 자체에 무기력감을 느끼는 사람은 그 무기력감이 노력하기를 더 힘들게 해서 다시 무기력감이 더 심해지게 된다는 거네요... 어떤 일에 대한 무기력은 잠시 다른 쉬운 일을 하고 오면 해소가 되는 건데 노력이 노력일 뿐이라고 생각하는 사람은 자기가 왜 무기력한 지도 모르고 그저 자책하면서 노력에만 집착하다 매몰될 수도 있을 거 같은 느낌?"

"응. 또 자신이 해야 할 일을 잠시 냅두고 다른 취미활동을 할 때도 그 취미활동이 더 잘 노력하기 위한 충전과정이라는 걸 모르고 그저 자기가 게을러서 과제를 미루고 있다고만 생각하게 될 거야. 그러면 충전하면서 쉬는 동안에도 자책으로 인한 무기력감이 쌓이니 다시 해야 할 일을 할 때 빨리 지치게 되겠지."

"음... 이해했어요. 그러니까, 자기가 노력하기 너무 힘든 사람이라면 차라리 노력을 재능이라고 생각하는 게 무기력감을 해소하는 방법일 수 있다는 거죠?"

"응. 다행히도 인간은 자신이 도태되길 바라지 않지. 이 말은, 노력을 재능이라고 받아들인 사람이 나는 노력도 못한다며 자기 자신을 포기하는 게 아니라 어떻게 하면 더 쉽게 노력할 수 있을까를 고민하게 될 거란 거야."

"아..."

"게으름도 사실 인류의 진화과정에서 살아남은 생존기제잖아. 인간이 게으르지 않았다면 지금의 창의적이고 효율적인 문물은 결코 없었을 것이고 다른 동물들이나 자연적 시련에 의해 멸종당했을 가능성이 높겠지. 찾아보면 어떤 분야에 재능이 없어도 그 분야의 전문가가 된 사람들이 있지? 단순히 남들보다 시간을 더 투자한 걸 수도 있지만 그런 사람들의 이야기를 들어보면 꼭 뭔가 남다른 방법으로 성장한 내력이 있기 마련이잖아. 그러니까 노력을 재능으로 받아들인다 해서 아무것도 안 하게 되는 게 아니라 늪을 빠져나가기 위해 어떻게 하면 조금이라도 더 쉽게 노력할 수 있을까를 고민하게 된다는 거지."

노력의 시작은 환경 조성이다

"어떻게 하면 쉽게 노력할 수 있을까요?"

"그러게. 사실 코칭센터 같은 데서 상담받는 게 제일 좋지 않을까?"

"그런가요? 음, 언니가 따로 활용하는 방법은 없어요?"

"나는 뭐... 뭘 하든지 간에 일단 움직이는 게 괜찮은 거 같던데. 의욕 그 자체도 중요하지만 일단 막 움직이다 보면 의욕과 아이디어가 생기더라고. 시화가 해본 방법 중에 괜찮았던 거 있니?"

"음, 저는 쉽게 노력하자는 생각을 별로 안 해본 거 같아요. 공부 잘하는 친구 보면서 어떻게 공부하는지 관찰해본 거?"

"오... 그런 것도 정말 핵심이겠다. 잘하는 사람들이 어떻게 잘하나 배우기. 그런 방법들 소개하는 자기개발서 읽고 실천해보면서 자기한테 맞는 방법 찾는 것도 좋지 않을까?"

"아하. 그러네요. 사실 자기개발서 읽는 게 쉽게 노력하기 위한 방법으로 사람들이 가장 많이 하는 일이라 할 수 있겠네요. 잘 노력하기 위한 노력이라고 해야 하나?"

"좋은데? 잘 노력하기 위한 노력."

"그쵸? 근데... 자기개발서 한 권조차 안 읽고 성공하는 사람들도 있긴 하겠죠. 다른 고민 없이 한 가지 일에 무식하리만치 오래 몰두할 수 있는 사람들이 그런 사람들이겠죠? 노력하기 위해 다른 노력이 필요 없는 사람들이랄까? 인내하기 위해 그저 이 악물고 인내하면 아무리 힘든 일도 끝까지 인내할 수 있는 사람들..."

"만약 노력도 재능이라 한다면, 그런 사람들이 진짜 재능파겠지. 그 어떤 재능도 압도할 수 있는 최고의 재능."

"와... 어떻게 하면 그렇게 될 수 있을까요?"

"시화 말대로 환경도 재능이라면, 잘 태어나야지 뭐."

"하, 인생."

"하지만 그런 사람들이 소수이기 때문에 그렇게 자기개발서가 잘 팔리는 거 아닐까?"

"하긴. 그렇겠죠? 언니도 자기개발서 많이 읽어요?"

"그냥저냥? 나는 사실 그 소수 쪽 사람에 가까운 거 같은데? 일단 하기로 마음먹은 일은 하다 보면 계속하게 되더라고."

"아니, 언니가 그렇게 말하면 언니가 지금까지 말한 게 설득력 없어지잖아요..."

"키키."

"얄밉네 이 사람..."

"에베베베."

"하긴. 그러고 보니 언니처럼 열심히 사는 사람 별로 본 적 없긴 해요. 비결이 뭐예요? 대체 움직이는 원동력이 뭡니까?"

"그냥 뭐. 내 주변에 토끼를 멸종시키면 돼."

"네? 아, 헐... 그렇구나... 언니가 왜 아직도 폴더폰 쓰는지 이제 알 거 같아요. 설마 맞아요?"

"키키. 스마트폰은 너무 재밌어서 안 돼."

"와... 진짜 독하다. 이건 제가 따라 할 수 있는 종류가 아니네요. 폰을 어떻게 참아."

"가정용 전화기조차 없던 시절에도 사람들은 잘만 살았다고."

"말도 안 돼..."

"뭐, 굳이 이렇게까지 안 해도 특정 앱이나 사이트를 일정 시간 사용 못 하도록 해주는 차단 앱 같은 거 써도 되지. 난 컴퓨터에 깔아서 썼더니 쓸데없이 쇼핑몰 뒤적거리는 습관이 없어져서 좋더라고."

"오, 그런 것도 있구나... 어 근데, 주변에 토끼들을 다 멸종시키고 백상아리밖에 안 남으면 무기력감이 생길 때 해소할 때가 없잖아요?"

"어쨌든 심심하면 뭐라도 하게 되니까. 인간은 적응의 동물이라서 덜 재밌다 할 뿐이지 백상아리 잡기도 하다 보면 꽤 재밌어."

"정말 끔찍하네요. 그럼 언니는 집에 장난감이나 취미 생활용품 같은 거 하나도 없어요? 게임기? 뭐 그런 거."

"그런 건 없지만 나도 맛있는 음식을 좋아하잖아. 그리고 이렇게 시화처럼 좋아하는 사람 만나면서 힐링도 하고. 머리 식힐 땐 청소하고, 산책하고. 이런 게 뭐 나한텐 토끼지."

"와... 언니랑 저랑 뭔가 다른 세상에 살고 있었구나라는 생각 들어요."

"에이, 막상 해보면 다 돼. 그리고 시화는 대신 식욕 참는 걸 나보다 잘하잖아. 무언가 많이 참을수록 다른 데

다 욕구를 풀게 되는 거야. 절제력도 에너지거든."

"오, 좋은데요? 절제력은 에너지. 절제력을 효율적으로 사용하면 좋겠네요."

"그럼 좋겠지. 예를 들어 학원 같은 곳에서 공부하면 집에서 하는 것보다 절제력을 아낄 수 있으니까 좋지."

"음... 절제력을 덜 소모하면서 노력할 환경을 만드는 게 중요한 거네요."

"맞아. 그래서 어떻게 쉽게 노력할까 하는 고민은 내 주변을 어떤 환경으로 만들까부터가 시작일 거야."

감정적이지 않은 욕망은
욕망이 아니다

"그리고 또 무엇보다 욕망이 중요하다고 생각해."

"욕망이요? 음, 하긴 그렇죠. 내가 뭘 원하는지도 모르면서 열심히 하긴 힘들 테니."

"맞아."

"근데 욕망이란 것도... 그러니까, 성취 욕구도 사람마다 엄청 다르잖아요. 괴이할 만큼 경쟁심이 강한 사람도 있고 전혀 그렇지 않은 사람도 있고요. 이런 말 하기 좀 그렇지만, 욕망도 재능일 수도?"

"그럴까? 욕망의 크기가 노력의 차이를 만드는 가장 큰 요소긴 하지."

"욕망을 키우는 법도 있을까요? 성공하려면 간절하라, 간절하라 하는데 어떻게 그렇게 간절할 수 있는지를 모르겠어요."

"원하는 게 없다면 없는 대로 현재에 집중해서 사는 것
도 좋고 내가 뭘 좋아하는지 알기 위해 다양한 경험을
해보는 것도 좋지 않을까?"

"근데 당장 불안하니까요."

"시화가 간절하고 싶은 꿈은 뭔데?"

"음, 돈 많이 벌어서 제약 없이 취미 생활하는 거?"

"재밌겠다. 그런 미래를 구체적으로 상상하면 설레는
감정이 들지 않니?"

"딱히요? 좋긴 하겠지만 노력해야 될 거 생각하면 귀
찮아진달까?"

"꿈에 다가가는 과정이 설레고 재밌는 건데."

"저도 그걸 느끼고 싶어요. 근데 뭔가 가슴 안에 욕망
이 차올라서 열심히 이것저것 배워야지 하는 마음이 안
드는 거 같아요. 불안하니까 남들 하는 만큼은 의무적으
로 하는 거 같은데, 그 이상을 하게 하는 욕망은 없다고
해야 하나?"

"아하. 그러네. 그러고 보니 열심히 하려면 자기한테
배수진을 치라는 말도 있지. 사람은 사건이 닥쳐야 열심
히 행동한다고."

"음… 열심히 노력할 수밖에 없는 이유를 만들라는 거네요."

"응. 도태될지도 모르는 미래를 상상하거나 가족, 친구들의 실망감 같은 걸 떠올리면서 의지를 다질 수 있겠지. 아니면 지인과의 벌금 약속을 만든다거나 하는 식으로 행동해야만 하는 환경 속에 나를 집어넣을 수도 있고."

"나는 법을 가르칠 수 없는 자에게 추락하는 법을 가르치라?"

"와우, 프리드리히 시화? 멋진데. 근데 이게 그다지 좋은 방법은 아닌 거 같아."

"왜요?"

"결과를 빨리 볼 수 있는 일들은 배수진의 방법을 활용해도 나쁘지 않아. 이런 경우 분명히 더 열심히 할 수 있지. 하지만 노력해야 하는 과정이 길어질수록 열정은 식고 두려움으로 인한 스트레스와 무기력감이 쌓이니 지치게 되거든. 그러면 열심히 하기도 힘들뿐더러, 끝내 해내더라도 그 과정에 대해 악감정이 생기니 목표를 넘어서 더 큰 성취를 위한 노력을 지속하기 힘들지. 다이어트 요요가 일어나는 원리야. 단기전에서 배수진은 강한 힘을 발휘하지만, 장기전으로 들어가면 부작용이 더 커지게 된다는 거지. 그리고 무엇보다 불행하잖아. 노력의 원동력이 불안이라니, 아무리 자신이 발전하고 나아진대도 그 과정에서 불행한 감정을 느껴야 할 내가 너무 불쌍해."

"음... 불안 때문에 시작한 일이라 해도 괜찮은 진전이 있으면 해방감과 성취감도 느끼지 않을까요?"

"그렇긴 하지만 장기전으로 가면 반드시 부정적 감정이 더 커지게 된다는 거지. 무슨 일이든 결국 더 훌륭한 성과를 내는 사람들은 장기적인 노력을 해내는 사람들이잖아. 물론 큰 위험을 피하기 위해 불안 동기도 필요하긴 하지만 위험을 피하기 위해서가 아닌, 더 나은 삶을 살기 위한 방법으로 불안 동기를 활용하는 사람은 주변 사람들 눈에 그 사람이 아무리 성실하고 행복해 보여도 그 사람은 내면에서 끝없는 장마 길을 걷고 있을 거야."

"아, 그러니까... 불안은 불행한 일을 막기 위해 필요한 감정이고, 그걸 넘어 열정을 오래 지속할 수 있는 행복한 삶을 살기 위해선 불안보다 설렘으로 노력하는 게 좋다는 거죠? 음... 진짜로 그렇긴 할 텐데, 저는 잘 안되는 거 같아요. 어떻게 해야 미래가 막 설레서 열심히 할 수 있을까요?"

"음... 시화가 정말 진심으로 원하는 게 뭘까? 아니면 가장 가치 있다고 생각하는 것."

"제가 정말 원하는 거요? 글쎄요, 돈?"

"시화를 감정적이게 하는 게 뭐 있을까?"

"감정이요?"

"응. 욕망은 감정이잖아. 감정을 고조시키지 않는 목표는 아무리 좋은 목표라도 나를 노력하게 만들어주지 않거든."

"그래요? 공부나 운동은 감정으로 하는 게 아니라 의지로 하는 거 아닐까요?"

"그렇게 느끼기 쉽지. 그런데 같이 생각해보자. 다이어트는 왜 하지?"

"건강하려고? 그리고... 남한테 잘 보이려고?"

"거기엔 건강하고 싶다는 욕망과 남한테 잘 보이고 싶다는 욕망이 있지? 식욕을 참고 운동하는 사람은 음식을 먹고 싶다는 욕망보다 다이어트로 얻을 수 있는 것들에 대한 욕망이 더 강했을 뿐인 거야. 우리가 이성이라 부르는 건 감정과 반대되는 개념이 아니라 더 좋은 가치를 욕망하기 위해 활용하는 감정의 하위 개념인 거지."

"으흠... 하지만 언니 말로는 절제력도 에너지라면서
요. 식욕을 참고 다이어트를 하는 게 더 강한 욕망을 추
구하고 있을 뿐인 거라면 왜 절제력이 에너지처럼 소모
되는 걸까요?"

"이성을 활용하는 일 자체가 에너지를 소모하는 일이
니까. 단순히 절제력뿐만 아니라 복잡한 생각을 오래 할
수록 감정을 조절하기 힘들어지는 것도 같은 이유지. 감
정이 몸통이면 이성은 감정의 팔다리야. 많이 쓰면 지
쳐. 좀 더 딥한 이야기를 하면, 그 팔다리를 잘못 쓰다
가 다치는 게 바로 공황 장애야. 이성을 아무리 활용해
도 문제를 해결하지 못했을 때 내가 이성적으로 생각하
는 걸 포기하고 감정만으로 문제를 해결하도록 유도하
는 원시적 생존 기제지."

"흐음... 아직 좀 어려워요. 이성의 끈을 붙잡고 참는다
는 표현도 있잖아요."

"만약 시화가 인터넷에서 다이어트 식품을 찾고 있는
데 튀김 다이어트란 걸 보게 된다면 어떤 기분이 들 거
같아?"

"네? 신기한 기분?"

"그래서 자세히 찾아봤더니 실제로 효과가 좋고 맛도 있다는 후기를 보게 된다면?"

"설레고 두근거리겠죠."

"근데 조금 더 찾아보니 꽤 심각한 부작용이 있다면?"

"실망스럽겠죠. 두렵고."

"이거 봐. 우리의 감정은 이렇게 단순한 정보만으로도 쉽게 바뀌는 거지? 그리고 그 정보를 기억하고 해석하는 게 이성이지. 다시, 어쩌다 기회가 있어서 그 다이어트 튀김을 먹게 됐는데 맛과 느낌이 놀라울 정도로 시화 마음에 든다면 부작용이 그렇게 심하진 않을 거야, 이걸 먹어서 다이어트를 하면 기분이 좋고 스트레스도 풀리니까 오히려 건강에 유리하지 않을까, 하는 생각이 들 수도 있겠지?"

"음... 그럴 수도 있겠죠."

"응. 게다가 그런 생각은 생각으로 끝나는 게 아니라 실제로 자책감이 덜 느껴지도록 하지. 즉 이성과 감정은 개별적으로 존재하는 게 아니라 이성적으로 정보를 어떻게 해석하고 받아들이냐에 따라 감정이 달라지고, 또 내 감정에 따라 이성적 해석이 달라지는 연결 관계인 거야. 그 중 최종적으로 내 행동을 결정하는 건 이성이 아니라 감정인 거고. 가장 좋은 가치를 지닌 곳에 강한 감정이 생기도록 이성으로 유도할 수 있을 뿐인 거지. 즉 우리가 이성의 끈을 붙잡고 억지로 하는 일도 사실 억지로 하는 게 아니라 그 일을 안 했을 때 벌어질 두려운 결과를 피하고 싶단 욕망을 채우는, 그야말로 하고 싶어서 하는 일인 거야. 어디에 붙잡혀서 고문이라도 당하는 그런 경우가 아니라면 모든 사람은 사실 자기가 하고 싶은 일을 하고 있는 거지. 결국 인간이 하는 모든 일은 그 어떤 일이라도 깊은 내면엔 최종적으로 그 일을 하고 싶다는 욕망이란 감정이 있기 때문에 할 수 있는 거야."

"아... 음... 이해 가는 거 같아요. 하긴, 확실히 제 꿈을 생각하면서 막 설렌다거나 그런 느낌은 없는 거 같긴 해요. 감정이 안 생겨서 노력을 못 하나?"

"그럼 그 꿈은 시화가 진정 원하는 게 아닐 수도 있는 거지. 물론 직접 겪어봐야 내가 좋아하는 게 맞는지 확실히 알 수 있지만, 어쨌든 그걸 가진 나를 상상해도 감정이 요동치지 않으면 그걸 가지기 위한 노력을 할 수 없는 거거든."

"그럼 상상만으로도 제 감정을 요동치게 하는 꿈을 가져야 한다는 거네요?"

"응. 그 감정이 무엇이든 좋아. 설렘이든, 우월감이든, 즐거움이든. 사람을 불안 동기로 움직이게 하는 불안과 두려움도 감정이잖아. 아무리 멋지고 훌륭한 목표여도, 심지어 자신이 그걸 이룰 능력까지 확실히 있다고 해도 감정이 묻지 않은 목표엔 열정이 생기지 않아. 그래서 내가 뭘 원하는 사람인지, 내 진짜 욕망이 뭔지를 알아야 해."

속물적인 욕망을 활용하자

"근데 제 진짜 욕망이 막 엄청 속물적이고 쾌락적이면 어떡하죠?"

"그 욕망을 잘 이용해야지. 사람은 원래 다 속물적이고 쾌락적이야."

"음... 저번에도 비슷한 얘기 언니가 해줬었죠. 근데 안 그런 사람도 있지 않을까요?"

"생각해 봐. 인간종 한해서만 따져도 수백만 년 전 초기 인류에서 현대까지 수십만 명의 아빠의 아빠들, 엄마의 엄마들을 거치는 동안 단 한 번도 도태되지 않고 번식에 성공한 결과물이 바로 우리야. 그렇지?"

"네. 그렇죠."

"인간은 군집 동물이기에 타인을 연민하고 배려할 수 있게 해주는 공감 능력처럼 아름다운 특성도 가졌지. 하지만 그전에 인간을 포함한 동물들이 생존 번식하는데 가장 근본적으로 도움이 된 건 더 안정된 식량과 좋은 연인을 얻으려는 속물적인 욕구야. 그런 욕구가 없는 개체는 도태돼서 유전자를 못 남겼겠지. 반대로 욕심 많은 개체일수록 번식의 기회가 많았을 테고 그렇기 때문에 욕심은 세대를 거칠수록 강화되어 우리 유전자에 더 뿌리 깊게 자리 잡았을 거야. 바로 윗세대의 내 엄마 아빠 얼굴도 닮아 태어나는데, 수십만 번 전달되고 증명된 이 성능 좋은 유전자를 내 세대에 갑자기 안 갖고 태어날 리 없는 거지."

"수십만 세대 엄마 아빠 생존 번식에 도움이 돼서 전달된 속물적인 유전자... 이건 진짜, 하하... 확실히 설득됐어요. 어쨌든 그러면 확실하고 강력한 그 속물적인 욕망을 활용해야 된다는 거죠?"

"응. 최소한 어떤 일을 시작하는 초반 단계에서는 속물적인 욕망에 집중하는 게 가장 효과가 좋아. 물론 속물적 욕망에만 집중하면 그 일을 오래 지속하기 힘들지. 평균 이상을 해야만 평균의 보상을 받을 수 있는 경쟁사회에서 보상을 위해 일하면 필연적으로 과반수 이상의 사람들이 무기력감을 느낄 테니까. 그렇기에 초반 단계가 지나면 그 일 자체에 대한 내 감정이 많이 중요해지지만, 사람도 어느 정도 만나 봐야 어떤 사람인지 알 수 있듯, 일도 할 만큼은 해봐야 그 안에서 내 마음에 드는 새로운 가치도 찾을 수 있는 거잖아. 외롭지 않으면 사람을 만날 수 없듯, 욕구가 없으면 도전할 의욕도 안 생기니 아무리 가치 있고 재밌는 일이라도 그 가치와 재미를 찾을 기회조차 없는 거지."

"아... 그렇게 얘기하니까 좀 제대로 와 닿네요. 음... 속물적인 욕망이라..."

"예를 좀 들자면 세상에 도움되는 의사가 돼야지라는 목표보다 섹시한 배우자를 만나기 위해 세상에 도움되는 의사가 돼야지라고 동기를 잡는 게 진짜 나의 솔직한 욕망이고, 진정 나를 움직이게 할 목표일 수도 있는 거지. 많은 사람한테 도움을 주고 싶다는 마음보다 많은 사람한테 인정과 존경을 받고 싶다는 마음이 솔직한 걸 수도 있어. 물론 반대 경우도 있을 수 있겠지. 남들이 다 원하길래 자신도 그걸 가졌는데 전혀 행복하지 못하고 우울증에 빠졌다는 사람들도 있는 것처럼, 보편적으로 귀하다 여겨지는 것에 심장이 뛰지 않는 사람도 있을 거야. 저번에 우리 같이 말했던 거 중에, 내 삶에 아무런 문제가 없는데도 우울감을 느끼면 지금 내 환경과 그 환경에서 기대할 수 있는 미래에 내가 진정 원하는 게 없기 때문일 수도 있다는 이야기 있었지?"

"아... 자기 진짜 욕망을 모르거나 외면하면 아무리 열심히 잘살고 있는 거 같아도 우울감을 느낄 수 있겠네요."

"맞지."

"음... 이해는 했는데 뭔가 되게 죄책감? 배덕감? 드는 생각인 거 같아요. 약간 자기혐오에 빠질 수도 있을 거 같은데... 헛, 이거 내가 너무 속물적인 사람이라고 고백하는 건가?"

"전혀 죄책감 갖지 않아도 돼. 무려 수십만 세대!의 인류 조상들이 그렇게 생존 번식해서 남긴 유전자야. 거스르는 게 더 비정상적이지. 속물이 되라는 게 아니라 인간 몸에 갇혀있는 한 인간 몸 사용법을 알자는 거야. 사용법을 알고 올바른 방향으로 유도해서 사용하면 그것이 속물적인 동기였더라도 결과는 이타적이고 위대할 수 있어."

"그래도 불편해요. 겉과 속이 다른 거잖아요."

"총의 본성은 파괴적이지만 바르게 활용하면 사람을

살릴 수도 있잖아? 본성이 완전히 선하기만 한 인간은 없을 거야. 심지어 본성이 전혀 선하지 않아도 괜찮아. 본성이 중요한 게 아니라 자신이 선하고 싶은가 아닌가 하는 의지만이 중요한 거지. 맛있는 음식을 많이 먹고 싶다는 탐욕을 활용해서 영향력 있는 여행 블로거가 될 수도 있고, 자신의 우월감을 활용해서 기부활동을 할 수도 있는 거야. 종교인이라면 신에게 사랑받고 싶다는 욕망에 진심으로 감정이 동하기도 하지. 이런 사람들의 박애주의 또한 위선이 아니야. 아무리 자신의 본성이 악하다 해도 그 본성을 활용해서 선한 결과들을 만들었다면 그 사람은 선한 거지"

"정말 그렇게 볼 수 있을까요?"

"정말로. 애초에 선하게 태어나 선하게 살도록 교육받고 선하게 산 것은 선한 게 아니라 그게 그냥 당연했을 뿐인 거지. 심지어 종교적 관점에서 봐도 이건 선한 게 아니라 운이 좋은 거야. 아무 노력도 없이 선할 수 있었던 거니까. 악한 본성으로 선하게 산 사람이 가장 선한 거라고 생각해. 물론 시화가 악하다는 게 아니라 아무리 속물적인 본능이 나에게 있더라도 잘 활용해서 이끌면 더 성취적이고 진정으로 선한 결과를 만들 수 있다는 거니까, 자신의 속물적인 욕망을 부끄러워하지 않아도 괜찮다는 거지."

"음... 언니 말이 위로 되긴 하는데... 만약에 본성이 완전히 악한 사람에게 속물적인 욕망에 솔직하라고 부추기면 사회에 안 좋은 영향을 미치는 건 아닐까요?"

"그럴 수도 있지. 나쁜 행위로 이득과 기쁨을 얻다 보면 그 나쁜 행위가 자기 본성이 돼버릴 테니 위험할 거야. 우리를 그런 쪽으로 빠지지 않게 도와주는 법과 종교에 감사한 마음을 가져야지. 하지만 법이나 종교 때문에 악하지 않은 건 아까 우리 이야기한 불안 동기 때문에 노력하는 것과 같은 거야. 행복하지도 않고 무기력감은 쌓이지. 행복하기 위해선 불안을 넘어 설렘이라는 동기가 필요하듯, 선하기 위해서도 두려움 이상의 동기가 필요해요. 욕망을 억제하기만 하면 단지 악하지 않을 뿐 어떤 선한 일도 할 수 없다는 거야. 사람이 선할지 악할지를 결정하는 건 욕망을 억제하느냐 마느냐의 문제가 아니라 내 욕망을 해소하기 위해 선한 일을 하느냐, 악한 일을 하느냐의 문제인 거지."

"궤변 같아요. 진정 선하지 않은 사람이 자신의 욕망을 위해 선한 일을 할 수 있을까요?"

"선하지 않은 것과 선하고 싶지 않은 건 달라. 사람은 누구나 선하기 위해 조금이라도 노력했던 적이 있어. 자신의 선함이 자신에게 행복을 줬던 사람은 본성이 선하게 되고 자신의 선함이 자신에게 불행을 줬던 사람은 본성이 악하게 되는 거야. 누군가의 선함을 보며 저거 다 위선이다, 가식이다, 이미지 관리다라며 깎아내리는 사람들 있지? 그 사람들이 바로 타인의 선함을 질투하는 사람이야. 사회는 선하라고 요구하는데 자신은 노력해도 못 선해졌으니까. 욕망에 충실하라는 말은 이런 사람들을 위한 거야. 지혜롭게 선할 방법을 모르기에 자신의 선함에 상처받아서 자기방어로 악해진 사람들이니까. 그런 사람이 진정 선해지고 싶다면 일단은 내 욕망에 솔직하되, 욕망을 해소하는 과정에 선한 결과가 따르게 해야 해. 이를테면, 부자가 되고 싶다는 속물적인 욕망을 이끌어서 사람들이 기뻐할 만한걸 만들어보자는 시도도 괜찮지. 기부 활동도 단순히 돈만 보내면 오래 지속할 수 없어. 내 도움에 사람들이 웃는 걸 보고, 고맙다는 인사를 받고, 거기서 내가 행복감을 느껴야만 오래할 수 있는 거야. 처음에는 어려울 수도 있겠지. 하지만 내가 불행하게 억지로 선한 일을 하면 아무리 선한 일을 많이 해도 결국 본질적으로 절대 선해지지 못해. 내 선함에 반드시 내 기쁨이 따르도록 해야 해. 그래야 그 과정에서 성장감과 행복감을 느끼고 그럴수록 내 선함에 긍정적인 감정이 생길 테니까. 내가 오랫동안 그런 과정 안에서 기쁨을 느끼고 외적 보상 이상의 가치를 발견하다 보면, 결국 내 욕망이 선함이고 선함이 욕망이 되는 날이 올 거야. 그 누가 알아주지 않아도 내 선함에 스스로 행복한, 비로소 진정으로 선한 사람이 되는 방법인 거지."

"아... 엄청 아름다운 얘기네요... 그런데 뭐랄까... 너무 이상적인 거 같아요. 언니는 누구나 선하기 위해 노력했던 적이 있다고 했죠? 그럴 수 있죠. 누구나 다 그런진 모르겠지만, 최소한 저는 그랬거든요. 근데 그렇다 하더라도, 이미 본성이 악해진 사람이 자신의 욕망을 해소하기 위한 방법으로 굳이 선한 일을 선택할까 싶어요. 언니는 사람이 선할지 악할지는 욕망을 해소하기 위해 선한 일을 할 건가, 악한 일을 할 건가의 선택 문제라고 했는데, 내가 굳이 왜 선해야지, 선할 이유가 뭐가 있어, 라는 질문인 거죠."

"세상 사람들이 선한 사람을 좋아하잖아. 현명하게 선

할 수 있다면 세상을 살아가는데 아주 유리하겠지. 그것만으로도 선해야 할 이유는 충분하지 않을까?"

"제 말이 그 말이에요. 사람들이 선한 사람을 좋아하기 때문에 누구나 선하고 싶어하고, 그만큼 선한 일은 경쟁이 치열하니 돈 벌기도 힘든 거죠. 반대로 나쁜 일을 하고 싶어하는 사람은 오히려 적기 때문에 제가 보기에는 교묘하게 숨어서 나쁜 일을 하는 사람들이 더 많은 돈을 버는 거 같거든요. 언니 말을 빌리자면, 현명하게 나쁜 사람들인 거죠. 근데 이미 그렇게 나쁜 일을 하면서 죄책감을 못 느낄 만큼 적응한 사람한테 어떻게 욕망을 선하게 활용하라 설득할 수 있냐는 거예요. 특히 그 상대가 무신론자라면요."

"대단히 멋진 질문이네... 그에 대한 대답은 이렇게 할게. 역설적이지만, 진정 선하기 위해선 내 선함이 내게 행복을 주기 때문이라는 이유 말고는 다른 이유가 없어야 해. 예를 들어 법이나 타인의 시선, 윤회나 전생, 신에 대한 두려움을 생각하는 순간 자신의 모든 행위는 순수함을 잃어. 그런 것들이 주는 두려움 없이도 선한 것, 그야말로 단순히 선하고 싶어서 선한 것만이 진정으로 선한 거야. 이유 없이도 선한 것이 가장 아름다운 것이기 때문에 이유 없이도 선해야 한다, 이렇게 대답하고 싶네."

"음... 하지만 언니가 좀 전에 얘기했잖아요. 신에게 사랑받고 싶은 욕망이 있는 사람들, 그런 사람들의 박애주의도 위선이 아니라고요."

"맞아. 그런 사람들을 열정적으로 만들 가장 속물적인 욕망은 바로 신에게 사랑받는 거니까. 종교를 가지는 건 가장 빠르게 내 본성을 선하게 만드는 법 중 하나지. 선한 일을 했을 때 신에게 다가섰다는 행복감을 느낄 테고, 또 사람들이 자신에게 감사하는 모습을 보며 선한 일에 긍정적인 감정이 생길 테니 그 과정을 오래 겪은 사람은 그것이 자신의 본성이 되어 나중에 개종하거나 무교로 전향해도 별다른 큰일이 없다면 계속 선하게 살게 돼. 위선은 두려움 때문에 행복하지도 않은데 억지로 선한 일을 하는 게 위선이야. 이런 사람은 자신을 두렵게 하던 그것이 사실 없다고 느끼는 순간 그 누구보다 악해지지. 그렇기에 억지로 선하면 안 되는 거야. 불행하게 억지로 선하다면 아무리 선한 일을 많이 해도 결국 전혀 선하지 못한 거니까. 만약 내가 직업이나 인간관계 때문에 억지로 선한 행동을 하더라도, 그 상황 때문에 억지로 선한 나를 한심하다고 생각할 게 아니라 그런 상황에서도 선할 수 있는 나를 대견하게 여겨야 해. 위선이라며 역겨움을 느낄 게 아니라 그럼에도 불구하고 유지할 수 있는 내 선함에 감사함을 느껴야 해. 무엇인가가 내 본성이 되려면 내 뇌가 그 무엇에 만족해야만 하니까. 이런 의미에서 난 그저 선하고 싶어서 선한 것, 그야말로 내 선함이 행복해서 선할 수 있는 방법을 소개하고 싶은 거지."

"아... 되게 멋있는 관점이긴 하네요."

"최소한 나는 이렇게 생각하며 살고 있어. 아직 완전하진 않지만, 적어도 속물적 욕망으로 선한 일을 이끌었던 과거에서 선함 자체를 열정으로 선한 일을 이끌 수 있게 되는, 그 과도기 중간에 있다고 느껴. 그리고 그러한 변화를 스스로 실감할 때 또다시 아주 커다란 행복감을 느끼고."

"좋네요... 어렵지만 어느 정도 납득은 된 거 같아요. 저 위로해준다고 언니가 너무 애쓰신 거 같아서 좀 죄송해요."

"아니, 시화 위로해주려고 한 말이 아니라 정말 원래의 내 생각을 말한 거야. 비밀 일기장의 내용이 부끄럽지 않은 사람이 어디 있겠어? 단지 인간으로서 그런 것들이 너무나 당연한 거고, 다른 사람도 다 마찬가지니까 죄책감 가질 필요 없다고 말하고 싶은 거지."

"고마워요, 언니..."

"이 이야기를 어떻게 받아들일지는 시화의 자유지만, 어쨌든 조금이라도 생각할 거리가 됐다면 그걸로 좋아."

"...저 근데 언니 말 듣고 나니까 하고 싶은 거 떠올랐어요. 그거 생각하니 진짜 뭔가 열심히 살고 싶은 느낌? 킥..."

"입이 귀에 걸린 거 보니까 정말 좋아하는 게 생각났나 봐? 대체 뭘 떠올린 거야?"

"안돼요. 비밀이에요."

"쿠쿡, 그래그래. 우리 앞으로 살 날이 많으니까 다양한 경험들을 하면서 나를 잘 연구해보자. 내 마음이 어디에 설레고 뭘 좋아하는가."

"좋아요!"

좋아하는 일과 잘하는 일
사이의 고민은 허상이다

"저 요즘에 책 좀 읽어보고 있어요."

"무슨 책? 자기개발서?"

"소설이요."

"어, 재밌겠다. 어떤 소설?"

"그냥, 이왕이면 좀 유명한 거 읽고 싶어서 고전문학 찾아서 읽고 있는데 괜찮은 거 같아요. 언니가 전에 자신이 뭘 좋아하는지 알기 위해 이것저것 경험해보는 것도 좋다고 했잖아요. 약간 소설로 간접 여행하고 있는 느낌?"

"좋은데? 소설 읽다가 유난히 두근거리는 부분이 있다면 그게 바로 나를 즐겁게 할 일의 힌트일 수도 있겠네."

"저도 그렇게 생각했어요. 근데 읽으면서 느낀 게, 그

일이 어떤 종류인가는 별로 제 감정에 영향을 안 주는
거 같아요."

"그럼?"

"일의 종류 자체에 두근거리기보단 무슨 일이든 간에
성장하고 성취하는 것, 사람들한테 인정받는 것, 사랑하
고 사랑받는 것, 깊은 헌신에 감동받는 것, 그런 부분들
에서 두근거리더라고요. 제가 아무 관심 없는 종류의 일
이어도 방금 말한 요소들이 있으면 설레고 두근거렸어
요."

"오... 그래서?"

"그래서요? 이게 다 말한 건데. 아, 그래서 무슨 생각
이 들었냐면, 사실 하는 일이나 직업 자체는 별로 중요
한 게 아니고 뭘 하든지 간에 거기서 성취감이나 즐거
움, 다양한 관계에서의 자기 효능감? 자기 효능감 맞나
요? 아무튼 그런 걸 느낄 수 있냐 없냐만이 중요한 거 아
닌가, 이런 생각이 들더라고요. 그러니까, 어쩌면 좋아
하는 일 따위는 그다지 안 중요할 수도 있다는 그런...?"

"음, 흥미롭구만. 사람에 따라 다를 수 있을 거 같아.
간혹 정말 그저 재밌게 놀 뿐인데 그게 돈이 되는 사람
도 있으니까. 반대로 재능이 없더라도 그 일 자체가 좋

아서 하는 사람들도 분명히 있고. 그런데 이런 말이 있기는 하지. 천재는 노력하기 때문에 어떤 분야에서 뛰어난 게 아니라 뛰어나기 때문에 그 분야에서 노력한다고. 그 일 자체에 트라우마가 있거나 애초에 체질, 체력적으로 안 맞는 경우가 아니라면 결국 잘하는 일을 좋아하게 될 가능성이 높겠지. 시화가 말했듯 그 일을 할 때 성취감, 자기 효능감을 크게 느낄 테니까."

"그죠. 내가 어떤 일을 할 때 꾸준히 성취감을 느낄 수 있으면 반대로 성취감을 느끼고 싶을 때도 그 일을 하게 되고 그 일 자체에 긍정감이 생기는 그런?"

"그럴 수 있겠다. 반대로 내가 아무리 좋아하는 일도 줄곧 좌절과 불행감만 겪는다면 그 일 자체가 싫어질 수도 있겠지. 시화 말처럼 내가 어떤 종류의 일을 하느냐보단 성취감을 얼마나 느낄 수 있는 일을 하느냐가 행복에 더 많은 영향을 미칠 수도 있겠네."

"으흠..."

"복잡한 표정인데?"

"네. 뭔가 좀 정리할 수 있을 거 같은데... 아, 갑자기 답답해요."

"음, 뭘까?"

"잠시만요... 모르겠다. 아니에요. 모르겠어요."

"천천히 생각해봐. 나 메뉴판 구경하고 있을게."

"후우움..."

"쿡쿡쿡, 지금 시화 표정 너무 재밌어."

"아잇, 놀리지 마요."

"놀릭직 매요~"

"아, 정말."

"킥킥."

"음... 뭐라고 할까. 좋아하는 것과 잘하는 것 중 뭘 해야 하나, 이런 고민 많이 하잖아요? 근데 이 고민은 사실상 허상이 아닌가 싶어요."

"움?"

"그러니까, 언니가 짚어준 것처럼 그 일 자체에 트라우마가 있거나 애초에 체질, 체력적으로 안 맞는 경우를 제외하면 사람은 결국 자신이 잘하는 걸 좋아하게 될 가능성이 높다고 했잖아요? 잘하는 걸 할 때 모든 사람이 원초적으로 좋아하는 성취감, 자기 효능감 같은 걸 느낄 테니까요. 그러니 특별한 경우가 아니라면 좋아하는 것과 잘하는 것 중 뭘 고를까의 고민은 결국 같은 것 두 개중 뭘 고를까의 고민과 다름없는 거죠. 즉 좋아하는 것,

잘하는 것 중 뭘 선택할까 하는 고민은 사실 허상이고, 이 현대 사회에서는 좋아하는 일을 할 것인가, 지루하지만 안정적인 일을 할 것인가만이 합당한 고민인 거죠."

"으음."

"그리고 잘하는 일을 좋아하게 될 가능성이 높다는 말은 곧 내가 좋아하는 일이 없으면 그 이유가 남들보다 잘하는 게 없기 때문일 수도 있다는 거잖아요. 이런 경우는 고민할 것도 없이 그냥 최대한 안정적인 일을 선택하는 게 가장 행복한 거 아닐까, 하는 저의 소심한 이론?"

"흐음... 그럴 수도 있겠네. 물론 경험의 부재로 잘하는 걸 아직 못 찾아서 좋아하는 게 없는 걸 수도 있고, 못하는 일이라도 얼마든지 좋아할 수 있다고 생각하지만 보통은 시화 말대로 잘하는 일을 좋아하게 될 가능성이 높겠지."

"그쵸? 이거 사실 언니한테 하도 적응 적응, 타협 타협 듣다 보니 든 생각 같아요. 좋게 말하자면 도저히 잘하는 것도, 좋아하는 것도 없어서 그냥 안정적인 일을 하게 되더라도 결국 적응해서 능숙해지면 그 일 자체를 나름 좋아하게 될 거다, 뭐 이런?"

"아하... 그렇구만. 물론 미련은 남겠지만 그렇게 타협해도 행복하게 잘 사는 사람들 많긴 하지. 그러면 우리가 해야 하는 합리적인 고민이란 좋아하는 것에 도전할 건가, 아니면 안정적으로 타협할 건가, 그리고 타협한다면 어느 시점에 타협할 건가인가?"

좋아하는 일로 돈 벌기 힘든 이유

"오... 음, 그런 거죠. 왠지 언니라면 타협하는 쪽으로 얘기할 거 같긴 한데... 뭐가 낫다고 생각해요?"

"글쎄, 어려운데. 시화는 어떻게 생각해?"

"저는... 이 자본주의 사회에 자기가 처음부터 좋아하는 일을 선택해서 돈 벌어 먹고살 수 있는 건 재능 있는 사람의 특권이라고 생각해요."

"그래? 조금 단호한 어조네?"

"맞지 않나요? 일단 어떤 일에 도전한다는 건 두 가지 종류가 있죠. 성공하면 큰돈을 벌 수 있는 도박성의 도전, 그리고 좋아하는 일을 적당히나마 안정적인 수입원으로 만들려는 도전. 전자도 타고난 재능에 운까지 따라줘야 하는 하이 리스크의 도전이지만 제가 지금 얘기하고 싶은 건 후자예요. 좋아하는 일을 해서 먹고 살 수 있다면 평생 일하지 않아도 되는 것과 같은 엄청난 일일 테니까요. 그리고 이런 좋아하는 일이란 안정적인 선택으로 할 수 있는 일보단 비교적 돈 벌기 힘든 일들이죠? 예를 들면 미술, 음악, 스포츠 같은 예체능 쪽 일이요. 순수 예술을 하는 미술인으로서 먹고 살 만큼 돈 버는 사람은 진짜 끔찍할 정도로 소수거든요. 나머지는 미술을 하더라도 재능을 살린다기보다는 회사에서 시키는 일만 기계처럼 찍어내는 상업 직업 쪽이죠. 이건 이미 안정적으로 타협한 거고, 좋아하는 일에 발가락만 간신히 걸쳐 놓은 평범한 노동자예요. 좋아서 하는 일이 아니라 반복되고 힘든 노동 어딘가에 작고 깜찍한 좋아하는 일이 조금 끼어 있는 정도? 처음부터 다른 안정적인 일을 시작해서 그 안정적인 일을 나름 좋아하게 되는 거랑 행복지수는 거의 같을 거라고 봐요. 차이가 있다면 비슷한 난이도의 직업이라도 원래 좋아했던 일을 활용할 수 있는 직업을 선택하는 게 더 쉬울 순 있다 정도? 대신 취미를 잃겠지만. 정말로 좋아하는 일을 한다는 건 예술로 따지자면 자신의 표현과 창의력이 외부 압력에 의해 크게 억압되지 않는 순수 예술인만을 얘기할 수 있다고 봐요. 그리고 그런 순수 예술인이 순수 예술로 먹고살려면 다른 직업들보다 압도적으로 힘든 경쟁을 해야 되는 거고요. 그래서 재능이 중요할 수밖에 없다는 거죠."

"와... 이거 시화가 전부터 생각해온 부분인가 보다, 그렇지? 아주 두터운 철학이 있는데?"

"희희, 그래요? 그렇게 오래된 생각은 아니고 사실 언니 영향받은 거예요. 좋아하는 일을 한다는 건 언니가 자주 들었던 비유로 따지면 칼로리 없는 토끼를 다양한 방법으로 잡고 노는 거죠. 그 다양한 방법에 미술, 음악, 스포츠 같은 것들이 있는 거고요. 좋아하는 일을 해서 돈을 번다는 건 토끼를 잡는 기술이 너무 아름답고 기가 막혀서 사람들이 박수 치고 구경비를 지불하는 거랄까?"

"좋아하는 일을 한다는 건 원시 본성적 자아실현이다?"

"오, 그런 거죠. 그러니 내가 좋아하는 일은 남들도 좋아할 가능성이 높은, 그야말로 놀이인 거예요. 놀아서 돈 벌기는 당연히 쉽지 않으니 그 누구보다 압도적으로 눈에 띄게 놀아야만 주목을 받고 구경비를 걷을 수 있는 거죠. 놀이이기 때문에, 좋아서 할 수 있는 직업, 이를테면 예술인만큼 질투 많이 받고 경쟁자가 많은 직업도 없는 거죠. 게다가 그것도 프로 수준으로 들어가면 오히려 그 어떤 전문직보다도 기술적으로 엄격하고 치열하게 정제해야 하는 부분들도 있을 거고, 어찌 됐든 팔아먹으려면 내가 좋아하는 것이 아닌, 사람들이 좋아해 주는 것을 따라야 하는 부분도 많겠죠."

"와... 너무 재밌는데?"

"흐흣, 저 완전 언니스럽게 말했죠?"

"킥, 나스러운 건 뭐야? 아무튼 그러면, 시화는 안정적으로 타협하는 게 낫다 쪽인 건가?"

"정말 압도적으로 재능 있다는 소리 듣는 정도 아니라면 아무래도 그렇죠. 어쩌면 제가 요즘 타협하려는 마음이 들어서 그래야만 하는 이유를 찾고 있는 걸 수도 있어요."

"그렇군. 음... 근데 간혹 재능이 모자라지만 피나는 노력으로 극복해내는 경우도 있긴 하잖아. 내가 재능 없어 보이는 누군가에게 안정적으로 타협해서 살라고 조언했는데 만약 그 사람이 노력으로 극복할 수 있는 사람이었다면 어떡하지? 높게 뻗었을 나무의 싹을 짓밟아버리는 건 아닐까?"

"타인의 말에 포기할 정도라면 애초부터 역경을 이겨낼 사람이 아닌 거겠죠. 진짜로 그 꿈을 포기하길 바라는 마음보단 이렇게 반대하는데도 포기 안 할 수 있다면 그 길을 가봐도 좋다는 속내로 조언할 수도 있지 않을까요?"

"그것도 그렇네. 그런데 상대가 조언자로부터 독립이 어려운 상황이거나 심하게 의존하는 존속 관계라면 그 조언이 과도한 영향을 미칠 수도 있지 않을까?"

"물론 그런 경우도 있을 거고 그로 인해 원래 찬란했을 미래가 꺾여버린다면 분명 안타까운 일이겠죠. 하지만 가능성의 문제일 뿐이라고 생각해요. 어떻게 사는 게 더 행복하다 단정 지어 주는 건 당연히 불가능하죠. 하지만 더 행복하게 살 가능성이 높은 길을 알려주는 정도는 옳지 않을까요?"

"가능성은 낮아도 그 가치가 압도적으로 다를 수도 있잖아. 만약 안정적으로 살았을 때는 5만큼 행복할 사람이 꿈을 이루어 살 때 100, 200만큼 행복할 수 있..."

"그니까 제가 앞에 말했던 게 그게 불가능하다는 거죠. 그리고 그렇게 따지면 도박도 마찬가지예요. 큰돈을 딸 가능성은... 아... 죄송해요. 다시 말해주세요."

"오, 괜찮아. 나도 사실 시화 말에 동의하는 입장이야. 단지, 만약 선택에 조금이라도 더 도움이 될만한 지표가 있다면 어떨까 싶어서."

돈은 더 행복하기 위해
버는 게 아니다

"지표요?"

"응. 일단 정리하자면 찬란한 꿈을 위해 도전할 것인가, 안정적인 현실을 위해 타협할 것인가의 고민인 거지?"

"넵."

"이걸 고민하는 이유는 결국 더 행복하기 위해서고. 무엇을 선택하는 게 내가 더 행복할까, 하는 고민."

"그죠."

"그리고 이 고민에는 돈이 아주 큰 영향을 미치지? 돈에서만 자유롭다면 누구나 자기가 좋아하는 일을 고를 테니까. 그러니 이 돈에 대한 생각을 냉철히 해보는 게 중요할 거 같아."

"생각할 게 더 있을까요? 많으면 좋죠..."

"물론 많으면 좋겠지. 근데 일단 반발심부터 갖지는 말고 한번 떠올려봐. 돈 많다고 행복하지는 않았다는 이야기, 분명히 많이 들어봤을 거야. 불편하겠지만 솔직히 들어보긴 했잖아, 그렇지?"

"그죠."

"근데 이게 수많은 심리연구에서도 사실로 밝혀졌다는 거야. 대신 연구에 나온 더 중요한 사실은, 더 많은 돈이 항상 더 큰 행복을 주진 않았지만 너무 적은 돈은 반드시 불행을 줬다는 거지."

"아..."

"이걸 두고 든 생각은, 돈은 더 행복하기 위해 벌어야 하는 것보단 닥쳐올지도 모르는 불행을 막기 위해, 혹은 당장의 불행에서 벗어나기 위해 벌어야 하는 거 아닌가였어."

"으흠. 행복을 위해서가 아니라 불행을 막기 위해?"

"응. 돈이 정말 없어서 생길 수 있는 큰 불행들 있잖아. 예를 들어 내 자식이나 나 스스로가 특별한 재능을 살려 뭔가에 도전하려할 때 활용할 자금이 없다든지, 자신이나 가족이 병에 걸렸는데 치료비가 없다든지, 부모님이 돌아가셨을 때 댈 장례비용이 없다든지, 피치 못한 사정으로 원치 않는 무직 기간이 너무 길어지거나 빚이 많아진다든지, 또 이러한 큰일들로 인해 생존에 필요한 최소 욕구도 충족 못할 정도로 가난해진다든지 하면 얼마나 비통할지 생각해 봐."

"진짜 엄청 힘들 거 같아요..."

"그렇지? 난 그런 큰돈이 나가는 일을 한 사람이 살면서 최소 십수 번 이상 겪는다고 봐. 일상에서 충분히 감사할 줄 알고 행복해할 줄 아는 사람이라도 이와 같은 일을 겪었을 때 감당할 돈이 없으면 굉장한 불행감을 느낄 수밖에 없을 거야. 그러니까, 사람 노릇 할 수 있을 정도의 능력만 있으면 그 이후로 더 버는 돈은 행복지수에 큰 영향을 못 미치지만, 그 적정선의 돈이 없으면 반드시라 할 정도로 불행해진다는 거지."

"...자금 관리가 진짜 엄청 중요한 거네요. 무슨 말인지 알 거 같아요. 근데 그럼 그 적정선의 돈이 얼마라고 생각하세요?"

"역사를 통틀어 지금 시대만큼 식량과 자원이 넘쳤던 적이 없지. 운이 정말 너무 나쁜 경우만 아니라면 시야를 조금만 넓혀도 선택의 기회가 무한해지고, 마음만 먹으면 건강 관리도 무척 편하잖아. 거기에 요즘엔 보험도 있고, 여러 방면 전문가들의 도움에도 쉽게 접근할 수 있으니 적당히 안정적으로만 살고자 하면 그렇게까지 큰 액수가 필요하다 생각하진 않아. 하지만 개인 성향에 따라 차이가 많이 나겠지."

"음... 하긴, 요즘 열심히 살기 위해 열심히 사는 사람은 거의 없긴 하죠. 더 편하게 살기 위해 열심히 살고, 더 잘 쉬고 잘 놀기 위해 열심히 사는 거지. 유흥 문화, 명품 소비율만 봐도 뭐... 사실 꼭 수도권에서 살아야 한다는 강박만 내려놔도 많이 가벼워지긴 하겠죠."

"그건 일자리가 수도권에 몰려 있어서 그렇지만... 뭐, 내 직업을 남의 시선 신경 써서 고르는 체면치레하지 않는다면 선택의 폭이 훨씬 넓어지긴 하겠지. 바로 이런 게 사람 성향에 따라 많이 다를 거야. 타인과 비교하지 않고 타인의 시선을 신경 쓰지 않는 사람이라면 그야말로 큰 불행만 막을 수 있는 정도의 벌이로도 만족하며 살겠지만, 타인의 시선을 신경 쓰는 사람이라면 자기 시선이 닿는 곳에 자기보다 잘 나가는 사람이 더 이상 없는 정도는 돼야 만족하겠지. 비교는 결핍을 만들고 결핍은 불행을 만드니까. 남과 비교하지 않는 사람은 진정 자기 자신으로부터 나오는 결핍하고만 싸우면 되지만 비교하는 사람은 온 세상이 내게 주는 결핍과 싸워야 하잖아."

"그렇죠... 근데, 결핍이 있어야 만족도 있는 거 아닐까요? 비교가 상대적 결핍을 주는 만큼 내가 잘 될 때는 상대적 만족감도 주잖아요. 아... 저번에 비교로부터 나오는 행복은 금세 없어지는 거라고 말했던가..."

"그렇게 말했었지. 말 나온 김에 우리 이 이야기 같이 해볼까?"

행복감과 불행감은
그 자체로 상과 벌이다

"어떤 얘기요?"

"생물학적 관점에서 행복과 불행을 뭐라고 정의하면 좋을까?"

"생물학적 관점으로요? 음... 생존 활동에 유리한 방향으로 유도해주고 불리한 것은 피하게 해주는 것?"

"와, 좋은데? 확실히 행복과 불행에 대해서 그런 식으로 정의하고 있지. 생존 번식에 도움이 되는 행위를 하거나 결과물을 얻으면 뇌에서 행복감을 발생시키고 반대로 생존 번식에 불리한 것들은 불행감을 발생시키는 거야. 행복감과 불행감은 그 자체로 내 뇌가 나에게 주는 상과 벌이라는 거지."

"오. 내 생존에 도움되는 일을 하면 뇌가 나에게 행복

감이란 상을 주고, 생존에 불리한 일을 하면 불행감이란
벌을 주고?"

"그런 거지. 물론 아주 과거엔 마약, 정제 알콜, 컴퓨터
게임, 시험공부, 아픈 주사, 법적 결혼, 이런 것들이 없
었기에 현대에서는 행복감과 불행감이 온전히 제 기능
을 한다고 보긴 힘들지. 이러한 현대 산물 중에서도 우
리의 원시 뇌가 가장 적응하기 힘들어하는 건 인터넷과
SNS라고 생각해. 인터넷은 기껏해야 한 부족 안에서 끝
나야 하는 경쟁을 수십억 명과 하게 만들었어. 우리의
원시 뇌는 결코 내 경쟁 상대가 아닌, 살면서 만날 일도
없는 지구 반대편의 사람을 마치 내 배우자를 뺏을 수도
있는 가까운 경쟁자로 착각한다는 거지."

"아... 경쟁 상대 폭이 엄청 넓어진 거네요. 저 주워들
은 건데, 과거에는 아기가 태어나면 부족 전체가 도와서
키웠다고 하더라구요. 그러니 가정환경도 전부 비슷했
을 테고, 정말 딱히 비교할 것도 없었을 것 같은?"

"그랬을 수 있지. 대신 선천적으로 타고나는 신체적 특
징들에 더 민감했지 않을까?"

"아, 그랬겠다."

"우리가 중요하게 알아야 하는 건, 그래서 행복감과 불행
감이 구체적으로 어떻게 사람을 움직이게 하냐는 거야."

"구체적으로요?"

"응. 우리의 뇌는 내가 어떤 안 좋은 문제를 마주했을 때
불행감을 발생시켜서 그 문제에 어떻게든 대처하도록 만
들어. 우리가 어떤 문제를 겪으면 그 문제가 주는 불행감
에서 벗어나기 위해 극복을 시도하지만, 극복에 실패할수
록 신체에 무기력감이 쌓이지. 결국 한계에 다다르면 그
문제 자체를 증오하게 되고 문제를 극복하지 못한 자신의
능력에 실망하게 돼. 그래야만 앞으로 같은 문제를 맞닥뜨
렸을 때 새로운 방법을 시도해보거나 애초에 그 문제로부
터 회피해서 에너지 낭비를 줄일 수 있으니까. 어떤 문제

를 극복 못 했던 트라우마가 생기면 이후엔 그 문제가 일어나지 않도록 미연에 방지하거나 그 문제로부터 도망쳐서 내가 할 수 있는 다른 일에 집중하게 된다는 거지. 불행감과 트라우마의 순기능인 거야."

"으흠. 쉽게 말하면 불행감은 뇌가 나에게 내리는 채찍질이란 거네요."

"맞지. 그리고 행복감은 당근이라고 할 수 있겠지. 이 당근과 채찍이라는 비유를 이렇게도 한번 생각해볼까?"

"어떻게요?"

"음, 하루 동안 채찍질 열 대와 당근 열 개를 받은 말이 있고, 채찍질 만 대와 당근 백만 개를 받은 말이 있다면 누가 더 행복할까?"

"가성비는 후자가 좋긴 한데, 하루 동안 채찍 만 대 맞으면 죽지 않을까요?"

"그렇지? 그러니까, 너무 불행한 문제는 불행감이 점점 쌓이다 끝내 우리를 죽일 수 있지만 아주 행복한 성취라고 해서 생존 이상의 뭐가 더 있지는 않다는 거지. 생존하는 건 그냥 적당히 행복한 성취에서도 다 가능했다는 거야. 다시 말해서, 불행감은 그 불행감이 나를 죽이기 전까지 그 강도가 계속 진화했지만 행복감은 일정 수준까지 진화하다 말았다는 거지."

"살짝 이해 못 했어요."

"음, 대충 쉽게 비유해서 우리의 뇌가 느낄 수 있는 고통
이 1부터 10까지 진화했다면 쾌락은 1부터 5까지만 진화
했다는 거야. 고통은 일, 이, 삼, 사, 오, 육, 칠, 팔, 구, 십,
그 모든 강도의 고통이 각자 우리의 생존 번식에 제 역할
을 하고 도움이 됐지만 6 이상의 쾌락은 딱히 생존 번식에
도움될 일이 없으니 진화되지 않은 거지. 어떤 특성이 자
연선택 과정에서 종 전체에 퍼지려면 그 특성이 생존 번식
에 도움돼야 하거든."

"음... 대충, 오천 원 잃었을 때의 심적 불행보다 만 원 잃
었을 때 심적 불행이 두 배 크다면, 오천 원 벌었을 때와
만 원 벌었을 때의 심적 행복은 비슷하다는 건가요?"

"킥킥, 그런 식인 거지."

"헐... 되게 신기하다... 아니 근데 이거 겁나 억울한 거
아니에요? 완전 부조리한 거 같은데? 이래서 사람들이 본
능적으로 얻는 기쁨보다 잃는 두려움을 더 크게 느끼는 건
가?"

도착지에 있는 행복은 신기루다

"그럴 수 있지. 그리고 또 부조리한 점은, 우리는 무언가를 성취할 때 행복감을 느끼잖아? 이때 그것을 성취하여 완전히 내 것이 됐다고 뇌가 판단하는 순간 행복감 생성을 아주 빠르게 중단시킨다는 거야. 그래야만 우리가 생존 번식에 도움되는 다른 일을 또 찾아다닐 수 있으니까. 그래서 우리의 욕심은 끝이 없고, 그 어떤 성취에도 만족할 수 없는 거지."

"와, 진짜 못됐다... 행복이라는 관점에서 보면 내가 뭘 가지는 순간, 가지지 못한 거나 다름없네요."

"오... 맞아. 행복은 도착지에 있는 게 아니라 과정 그 자체에 있다는 말은 뇌과학적으로 아주 타당한 말인 거야. 딱히 불행하지 않다면 사실 그것만으로도 충분히 잘살고 있는 거지."

"아... 그럼 혹시 한 분야의 진짜 최고가 된 사람들은 행복감을 느끼기 힘들 수도 있을까요?"

"어떤 배움이든 그 끝이 있다고 생각하지는 않지만, 자극을 주는 경쟁 대상이 없다고 느끼면 그럴 수 있겠지. 실제로 한 분야의 최고 수준 전문가들이 우울증 상담을 받는 경우가 꽤 많아. 이런 사람들은 자기 자신을 경쟁 대상으로 삼고 자기 분야의 새 개척지를 찾는 창의적 활동을 하거나 아니면 아예 초보자로 시작할 수 있는 새로운 분야의 일을 하는 게 우울증 치료에 도움이 되지."

"뭔가 좀 현타와요. 내가 뭘 이루어도 잠깐 행복할 뿐이고, 또 그다음 걸 이루어야 잠깐 행복하고, 그걸 이뤄도 또 다음 걸 이루어야만 잠깐 행복할 수 있다면 난 대체 왜 이루어야 하지?"

"오히려 좋지 뭐. 내가 지금 아무것도 갖지 못하고 설령 끝에 제대로 된 어떤 결과를 내놓지 못한데도 포기하지만 않는다면 영원히 행복할 수 있다는 뜻이잖아."

"영원히 고통받을 가능성이 더 크다고 봅니다."

"킥킥. 오히려 이 사실을 아는 순간 도착지라는 허상을 쫓느라 지금의 성장 과정에서 느껴야 할 행복을 전부 놓치는 걸 예방할 수 있다고 생각하는 건 어떨까?"

"오... 되게 멋진 관점이네요. 저 근데 이제 언니가 무슨 얘기 하고 싶었던 건지 알 거 같아요. 비교로부터 얻을 수 있는 상대적 만족감은 짧게 한 번뿐이지만, 상대적 불행감은... 음? 헷갈린다. 이거 아닌가?"

"시화 멋있어. 그거 맞아."

"익... 그러니까, 행복한 성취에는 빨리 적응하는 거고, 불행한 문제에는... 설마 문제가 해결될 때까지 적응 못 하나요?"

"응. 뇌는 나에게 닥친 문제가 어떤 방법으로든 해결될 때까지 끊임없이 불행감을 발생시켜. 물론 이미 지나간 불행에는 에너지 낭비를 막기 위해 망각이라는 보호수단으로 우리 스스로를 지키지만, 현재의 불행한 문제에는 적응하지 못해야 그 문제를 피하거나 이겨내기 위해 노력할 수 있는 거지. 그리고 행복한 성취에는 빨리 적응해야 다른 성취를 찾을 수 있는 거고. 비교는 언제나 현재의 문제지? 즉 비교로부터 얻는 상대적 성취감은 아주 짧지만, 비교로부터 받는 상대적 박탈감은 영원하다는 것이 생물학적으로 증명되는 거야. 행복감과 불행감은 그 자체로 뇌가 자신에게 내리는 상과 벌이라고 했지? 한 개인의 능력엔 한계가 있고 비교 대상은 거의 무한하니, 타인과 비교한다는 건 스스로에게 아주 작은 상을 주고는 영원히 벌 받기를 자처하는 거지."

"와... 진짜 맞는 거 같아요. 한번 이긴 사람한테는 별로 관심 없어지거나 다시 따라잡힐까 봐 조마조마한 마음밖에 안 남잖아요. 그리고 아직 못 이긴 사람한테만 계속 집착하게 되죠. 어차피 그 사람 이겨봤자 또 처음에만 좋지 금방 관심 없어지거나 조마조마한 마음밖에 안 남을 텐데... 근데 조금 궁금한 게, 사람이 불행한 문제에 적응하기 힘든 게 당연한 거라면 어째서 우리는 수많은 문제에 적응하고 살 수 있는 걸까요?"

"그 문제에만큼은 성숙해져서 남과 비교하지 않고 받아들일 수 있게 된 거지."

"흠?"

"예를 들어 내가 손가락 하나가 없다고 해보자. 내가

그 손가락이 꼭 필요한 어떤 일을 한다면 그 손가락의 부재는 나에게 끊임없는 불행감을 줄 거야. 계속 불편할 테니까, 그렇지?"

"네."

"하지만 그 손가락 없이도 일을 충분히 잘해낼 수 있다든지, 그 손가락이 필요하지 않은 다른 일을 한다면 어느샌가 그 손가락 없음으로 인한 불편함을 잊고 살 수도 있겠지."

"음, 그렇죠."

"그렇게 불편함을 잊고 살면 내 뇌는 그 손가락 없음이라는 문제를 더 이상 문제라고 인식하지 않게 돼. 불행감을 생성하지 않는다는 거야. 그래야 에너지 낭비를 줄이고 다른 일에 효율적으로 투자할 수 있으니까. 하지만 이때 내가 자격지심에 빠져서 없는 손가락을 부끄러워하고 타인에게 애써 감춘다면 뇌는 다시 그 손가락 없음을 문제라 인식하고 불행감을 생성하게 돼. 그렇게 비교에 의해 생긴 불행은 손가락을 다시 붙이기라도 하지 않는 이상 영원히 해결될 수 없지."

"아...!"

"이해되지? 내 능력 밖에 일을 아는 것도 능력이란 말이 있듯이, 환상이 환상임을 깨닫는 건 포기가 아니라 성숙이야. 그러니 비교하지 않는다는 건 결국 그만큼 성숙하다는 뜻인 거지. 신기루 대신 진정 추구해야 할 것을 추구할 수 있으니까. 우리 아까 돈은 왜 벌어야 하는가 이야기할 때 더 큰 행복을 위해서 보다는 불행을 막기 위해서라고 했었지? 예를 들어 병원비가 없어서 사랑하는 사람을 잃고 생활 근간이 무너지면 딱히 비교 대상 없이도 스스로 불행할 테니까. 이런 스스로에게서 오는 불행을 제외하면 우리가 세상에서 느끼는 거의 모든 불행은 비교에서 오는 거 같아. 비교만 안 해도 뇌가 불행감을 발생시키는 아주 많은 문제가 사라지는 거지."

"아... 불행의 근원은 비교가 진짜 맞는 거 같네요... 사실 나 스스로의 결핍이라는 것도 잘 나갔던 과거의 자신, 잘 나가고 싶은 미래 자신과의 비교에서 나오는 거 같기도 하고요."

"그런 부분도 있겠네. 비교를 굳이 좋은 관점으로 본다면 우리를 위험에서 벗어나게 해주는 불안 동기라고 할 수 있을 거야. 근데 그 불안감이라는 게 위험에서 충분히 벗어나면 없어져야 하는 건데, 비교에서 나오는 불안감은 구조적으로 영원히 끝날 수 없다는 게 비교의 본질적인 단점인 거지. 그래서 우리 저번에 비교 대신 공감으로써 동기부여를 하면 비교의 좋은 점은 그대로 가져가지만, 그 과정에서 불안과 불행감 대신 설렘과 행복감을 느낄 수 있다, 그런 이야기 했었지?"

"아...! 상상 속의 잘 나가는 내 모습에서도 현재와의 비교로 괴리감을 느끼기보단 공감으로 그 상상 속 나의 좋은 감정을 느끼면 좋겠네요?"

"와, 완전 맞지. 우리가 어떤 행동에 좋은 감정을 계속 느끼다 보면 그 행동이 내 본성이 된다고 했었지? 이처럼, 내가 상상하는 모습에 좋은 기분을 느끼면 뇌는 그 모습이 생존에 유리할 거라 판단하고 내가 진짜 그렇게 될 수 있도록 도와줘. 목표를 이루기 위해 이미 이룬 것처럼 생각하라는 자기 긍정 세뇌가 효과를 발휘하는 원리지. 즉 자기 긍정 세뇌는 뇌를 속인다는 개념이 아니라 생존에 유리한 모습을 뇌에게 가르치는 설득의 개념인 거야. 그러니 자기 긍정 세뇌를 활용하고자 한다면 단순히 생각이나 상상으로만 끝나서는 안 되고, 그 생각과 상상 안에 반드시 좋은 기분이라는 감정이 들어가야 해. 이러한 관점에서, 상상 속 잘 나가는 내 모습에 공감하며 좋은 기분을 느끼는 건, 그 자체만으로 아주 강력한 동기부여 기술인 거지."

"오... 공감 얘기가 이렇게 또 이어지다니. 그때 언니 얘기에 제가 바로 다 맞다 안 하고 좀 더 생각해보겠다고 말했던 거 생각나요?"

"응. 그때 시화의 그 말이 되게 좋았었어."

"희희. 그땐 사실 그냥 재밌고 좋은 얘기 들은 정도로 넘어갔었는데 이젠 이게 제 좌우명이 될 거 같아요. 뭔가 그 공감이란 단어를 자주 떠올리는 것만으로 저의 어떤 사고 회로? 감정 회로?가 많이 달라졌달까? 사실 남과의 비교에서 아직 전혀 자유롭지 못하지만..."

"나도 마찬가지야. 비교하는 것도 인간의 본성적인 거니까 벗어나기 어려운 게 당연하다고 생각해. 그리고 현실에서는 내가 남과 비교하지 않아도 주변 사람이 나를 다른 남과 비교하고 힐난해서 불행감을 느끼는 경우도 많잖아. 그건 비교 자체에서 나오는 불행감이라기보단 그 사람과 내 관계의 문제로부터 나오는 불행감이니 내가 비교 안 한다해서 해결 될 일이 아니지."

"아... 어쩌면 그게 진짜 문제네요. 비교로부터 나오는 상대적 행복감이 아주 짧고, 불행감은 영원한 거라면 남과 나를 비교하는 그 주변 사람은 내가 아무리 잘해도 아주 잠깐 잘한 것처럼 보일 테고, 자기 시야에 비치는 모든 사람을 보며 내 못난 점을 찾을 테니까요. 만약 그런 사람이 가족이라면, 진짜 너무 불행할 거 같아요."

"맞아. 참 힘들 거야. 그렇게 가족 때문에 너무 힘들다면 설득해서 함께 전문가 상담을 받는 게 제일 좋지. 도저히 상대가 응하지 않는다면 어쩔 수 없이 좀 떨어져 지내거나 어떻게든 상대의 좋은 점만 보면서 상대의 무례함에 상처 받지 않을 단단한 나를 만드는 게 가장 현실적인 방안일 거야. 상대를 바꾸는 것보다 나를 바꾸는 게 훨씬 쉬운 일이니까."

"아... 이해되는 거 같아요. 제가 부모님이랑 힘들 때 독립으로 되게 오래 고민했거든요. 수십 년간 살아온 그분들을 그 어릴 때 제가 바꿀 수 있을 거라 생각도 못해봤던 거 같고... 저를 지킬 방법이 독립 밖에 안 떠오르더라고요. 근데 과연 내가 독립해서 나 스스로를 바로 세우고 살 수 있을까 걱정 많이 했었어요. 아무리 안 맞아도 무려 가족이고 부모님인데, 그분들을 미워한다는 것 자체에 죄책감도 들었었고... 근데 막상 독립하니까 솔직히 후련해요. 그렇게 부모님 생각이 막 나지도 않고요. 제가 특이한 걸 수도 있지만, 사람은 모든 걸 떠나서 결국 자기 자신을 지키고, 자기의 마음을 존중하는 삶을 살 때 가장 행복하도록 만들어진 거 아닌가, 그런 생각이 들더라고요."

어른들이 고리타분해지는 이유

"자, 이쯤에 원래 이야기로 돌아가서 좋아하는 일에 도전할 것인가, 안정적으로 타협할 것인가의 이야기를 다시 해볼까?"

"맞다, 원래 그 얘기 하고 있었죠."

"일단 좀 전까지 우리 이야기를 정리하면, 생물학적으로 우리가 느낄 수 있는 행복과 쾌락에는 한계가 있고, 어떤 성취라도 그 성취가 주는 행복감은 아주 짧을 수밖에 없다고 했지. 그러니 더 큰 행복이란 건 애초에 허상이나 다름없고, 우리가 추구해야 하는 건 우리에게 불행감을 주는 문제들을 최대한 먼저 제거한 다음 더 큰 행복이라는 허상이 아닌 꾸준하고 긴 행복감을 느끼게 해줄 관계와 성취의 과정을 찾는 것, 즉 삶 전체를 통틀어 자아실현 할 일들을 찾는 거지."

"아... 진짜... 이게 이렇게 중요한 얘기였구나... 그냥 들을 땐 몰랐는데 좋아하는 일, 안정적인 일에 대해 생각하면서 다시 들으니 뭔가 안개가 걷히는 느낌이에요."

"그래?"

"네. 일단 도전하려는 이유, 혹은 안정적으로 살려는 이유가 단순히 더 큰돈을 벌기 위해서인 거라면 그건 너무 슬프고 무의미한 거라는 생각이 들었어요. 큰 불행을 막을 수 있고, 사랑하는 사람들과의 관계를 지키면서 살 수 있다면 그 이상의 돈을 번다고 해서 실질적인 행복지수가 올라가는 건 아니니까요. 대신 그 더 큰돈을 벌려는 이유가 단순 반복 노동 시간을 줄이고 자아실현 활동을 늘리기 위함이라면 그건 유의미할 수 있겠죠."

"음, 그렇겠지."

"그쵸? 그리고 저는 큰돈을 벌거나 아주 안정적인 일을 하게 되면 뭐랄까, 인생의 종착역에 도착했다? 내 인생의 고난이 끝나고 어느 정도 완성됐다? 그런 느낌일 거라고 생각했거든요. 하지만 언니 말 듣고 나서 그런 게 아니란 걸 알았어요. 아무리 꿈 꾸던 곳에 도착해도 그곳엔 엄청난 최종 보상이 있는 게 아니라 새로 시작해야 할 출발지들만 있을 거라는 생각이 들었어요. 물론 어쨌거나 사람 노릇 할 최소 자금을 먼저 마련하는 게 제일 중요하겠지만 현대 사회에서 그냥 먹고사는 돈 버는 게 힘든 것도 아니고, 더 큰돈 번다고 더 행복할 게 아니라면 최대한 시간을 모아서 내가 좋아하는 일에 투자하며 성장감과 성취감을 느끼는 것, 그게 가장 행복한 삶을 사는 길일 수 있겠다는 생각이 들었어요."

"와... 그런 관점으로 정리하는 것도 되게 좋다."

"언니는 다르게 생각하세요?"

"나도 시화 말이 맞다고 생각해. 그런데 그냥 좀 다르게 먼저 떠올렸던 게 있어서."

"어떻게요?"

"음, 우리가 돈과 행복에 관해 무척 이론적으로 이야기했지?"

"네."

"그런데 이렇게까지 이론적으로 정립하진 않더라도 대부분의 사람들이 이런 걸 나이 들고 어른이 돼가며 어렴풋이 느끼게 된다고 생각해. 그래서 부모님들이 본능적으로 공부해라, 저축해라, 좋아하는 일은 취미로 하고 일단은 돈 버는 일 해라, 하는 거 아닐까 생각했어. 뇌과학적으로 행복에 큰 영향을 주는 건 개인의 사정 차이보

단 성향 차이고, 너무 큰 문제만 없다면 같은 성향 내에
선 다 각자 사정에 적응해서 비슷한 만족도로 산다는 거
지? 그러니 아무리 낮은 확률을 뚫고 성공해도 아주 크
게 행복하긴 어렵지만 남들과 비슷하게라도 살면 아주
큰 불행은 막을 수 있는 거지. 나이 들수록 이 사실을 저
절로 깨닫기 때문에 도전보다는 안정적인 삶을 추구하
게 되는 거 아닐까, 생각해본 거야."

"오... 저 이 관점이 더 마음에 드는데요? 안정적인 일
을 추천하는 조언자 입장에서도 그렇지만 당사자 입장
에서도요. 꼭 젊은 사람만 도전을 고민하는 게 아니라
나이 들어서도 고민하잖아요. 나이 들고 세상을 겪을수
록 책임질 것도 많아지고, 본능적으로 돈과 행복이 인생
에 어떤 식으로 영향을 미치는지 이해하게 되니까 당사
자 스스로도 큰 행복 추구보다는 큰 불행을 방지하는 쪽
으로 인생을 설계하게 되는 거죠."

불행감을 막는 방법

"응, 그렇다고 생각해. 그리고 난 시화가 정리한 관점 도 좋아."

"어, 저는 근데 다시 생각해보니까 좀 아닌 거 같아요."

"어떤 점에서?"

"제가 얘기했던 현대에서 먹고 살 돈 버는 게 그렇게 힘든 일도 아니라고 했던 부분이 좀 어폐가 있는 거 같 아요. 언니 말대로 현대에는 보험도 있고, 전문가 같은 다른 사람들에게 여러 조언을 구하며 삶을 꾸리는 게 당 연한 거긴 하죠. 시야를 조금만 넓혀도 기회는 무궁무진 해지고요."

"그렇지."

"하지만 이런 걸 감안해도 현실적으로 사람 노릇 할 돈 이란 게 생각보다 액수가 클 거 같아요. 왜냐면 내가 다른 사람과 비교하지 않는 성향이어도 언니가 좀 전에 얘기해준 것처럼 나를 타인과 비교하면서 평가할 가족과 친구, 지인들이 있잖아요. 그들의 평가는 내가 비교 안 한다고 뿌리칠 수 있는 게 아니라 그들의 평가 자체가 나와 그들 관계에 영향을 주는 거니까, 최소한 그들 기준에 부끄럽지 않은 경제력은 갖추는 게 뇌의 불행감 생성을 막을 수 있는 최소 조건 아닐까 싶어요. 그리고 이 한국 사회에서 그 정도 경제력이란 그냥 큰 불행 막으며 먹고 살 정도의 경제력보다 훨씬 높지 않은가 싶구요. 세상에 혼자 고립돼서 불행감을 안 느낄 사람은 없을 테고, 어찌 됐든 타인과 부대껴서 살려면 모두 나와 생각이 같은 타인만 만나거나, 내가 타인 기준에 부끄럽지 않은 수준은 돼야만 내 뇌에서 불행감 생성을 안 한다는 거죠."

"오. 타당하다."

"그죠? 예를 들어 외모도 아름답고 성격도 다정하지만 도박 때문에 빚이 많은 거지가 누군가에게 영혼을 바치고 싶을 만큼 사랑에 빠졌는데, 그 누군가가 외모, 성격 다 필요 없고 오로지 돈만 중요시하는 사람이라면 거지는 그 사람 앞에서 몹시 불행하겠죠. 한국은 분명 깊은 경제 지상주의고, 자신 역시 그 사실을 아는 이상 상대 관점에서 자기 경제력이 어떻게 보일지 신경 쓰는 건 당연한 거죠. 그리고 이건 자기가 속물적이고 타인과 비교하는 사람이라서가 아니라 상대 입장에서 생각할 줄 아는 공감능력 뛰어난 사람이기 때문인 거고요. 오히려 그 어떤 상대도 나를 어떻게 볼지 전혀 신경 안 쓰는 건 뭐 자존감이 높아서? 그런 문제가 아니라 그냥 타인과의 관계적 욕망이 없는 남에게 지친 사람이거나 아예 성격 장애일 거 같아요."

"음... 그럴 수도 있겠네. 내 뇌의 불행감 생성을 막기 위해 비교하지 않는 성향도 중요하지만 내가 아끼는 사람에게 부끄럽지 않은 사람이 되는 것도 중요하겠지."

"네. 그래서 결국엔 인생이 좀 지루하더라도 돈을 안정적으로 버는 일로 타협하는 게 더 낫다는 쪽으로 굳어지네요."

"그렇구나. 그런데 우리 이 점도 고려해야 될 거 같아."

"어떤 점이요?"

"시화가 든 예시처럼 어느 한가지 가치만 극단적으로 중요시하는 사람도 있을 수 있겠지만 아무리 경제 지상주의 사회라 해도 대부분의 사람들은 경제력, 외모, 성격, 비전 등을 종합적으로 보며 상대를 평가하잖아. 아까 우리 손가락 하나가 없는 사람이 언제 불행감을 느끼고 어떻게 하면 불행감을 안 느끼는가 이야기했었지?"

"했었죠. 그러니까, 그 손가락이 꼭 필요한 일을 하거나 남과 비교하면서 자격지심에 빠지면 불행감을 느끼고, 그 손가락이 없이도 일을 잘해낼 수 있거나 그 손가락을 필요로 하지 않는 일을 하면 뇌가 더 이상 손가락 없다는 사실을 문제로 인식하지 않으니 불행감도 안 느낀다고 했어요."

"와우... 맞아. 우리 뇌가 느끼는 행복감은 생존, 번식과 연관되지? 즉, 우리가 돈을 벌고, 외모를 가꾸고, 인간관계에 도움되는 사회성을 기를 때 성취감을 느끼는 건 그것들이 생존 번식에 도움되기 때문인 거야. 이 생존 번식 욕구는 최종적으로 좋은 사람과 함께하기, 음식 먹기, 병이나 불편한 환경에서 벗어나기 같은 행동 등으로 나타나지. 그러니까, 내가 혹여 돈이 없더라도, 혹은 외모가 별로거나 성격이 안 좋더라도, 다른 나의 매력 자원을 활용해서 좋아하는 사람과 함께하고, 좋아하는 음식을 먹고, 병이나 불편한 환경에서 벗어나는데 문제가 없다면 내 뇌는 더 이상 나의 단점에 대해서 불행감을 발생시키지 않는다는 거야. 다른 장점들로 충분히 잘 해낼 수 있는데 굳이 고치기 힘든 단점에 불행감을 생성해서 노력하게 만드는 건 에너지 효율 면에서 굉장한 낭비거든. 인간의 뇌는 그렇게 놀랍도록 합리적이야. 그리고 이건 내가 타인을 보는 관점에서도 마찬가지지. 상대에게 어떤 부족한 점이 있어도, 이를테면 돈이 별로 없는 사람이어도 그 사람이 비전이 있고 다른 훌륭한 매력 자원들을 활용하여 충분히 잘 살 수 있을 사람 같다는 평가가 들면 난 단순히 그 사람이 경제력 부족한 사람이라는 이유로 얕잡아보거나 지인으로써 부끄러워하지 않게 된다는 거지."

"아... 이해했어요. 손가락 없이도 일을 잘해낼 수 있으면 더 이상 불행하지 않은 것처럼, 나한테 어떤 단점이 있더라도 운동하고, 화술을 키우고, 열심히 일하는 등 다른 노력을 통해 사람들과 어울리며 문제없이 잘 살아갈 수 있으면 당연히 자신감도 생길 거고, 내 단점에 대해서도 뇌가 불행감을 발생시키지 않겠네요. 물론 그러려면 스스로 내 단점만을 남과 비교하면서 자격지심에 빠지지 않을 만큼의 성숙함이 있어야겠지만요."

"맞아. 그리고 그 성숙함이란 뜻 안에는 내가 가진 단점에도 불구하고 문제없이 살아갈 수 있는 충분한 다른 장점들을 갖췄다는 의미도 같이 포함돼있는 거지. 내가 경제력도, 성격도, 외모도, 비전도 모두 안되는데 단순히 타인과 비교 안 한다는 이유만으로 불행감을 안 느끼기는 무척 어려워. 뇌는 자신의 주인이 도태되는 걸 극도로 싫어하거든. 아까 말한 것처럼 음식을 먹고, 타인과 함께하고, 또 뭐였지? 아픈 병에서 벗어나고? 이런 일들처럼 아주 원초적이고 본성적인 욕구가 좌절될 때 느끼는 불행은 비교 대상 없이도 스스로의 결핍으로부터 느낄 수 있는 불행이니까."

늦은 도전이 더 멋지다

"물론 이런 걸 고려하더라도 경제력이 삶에 아주 큰 영향을 미친다는 건 부정할 수 없는 사실이지."

"맞아요. 저는 늦은 나이에 꿈을 쫓는 사람을 낭만 있다고 생각했었는데, 언니랑 얘기하고 나니까 그냥 철없는 사람들이었구나 싶어요."

"으흠?"

"내가 나이 들수록 당연히 가족들도 나이 들고, 건강은 나빠지고, 책임질 것도 많아질 텐데, 그럼에도 꿈만 쫓는다는 건 행복감과 불행감이 삶에 구체적으로 어떻게 작용하는지 어렴풋이 조차 깨닫지 못했다는 거 아닐까요."

"음, 그럴 수 있지. 실제로 도박이나 사치, 무모한 도전을 하다가 실패한 사람들을 상담하면 우울한 성장 배경을 가진 경우가 무척 많아. 그런 배경에서 비롯된 미성숙이 원인이라고 볼 수도 있겠지. 안정되고 평온한 환경에서 단단해지는 인내심, 책임감, 세상을 이해하는 지혜 같은 것들을 내재화하는데 불리했을 테니까."

"으음, 그렇겠네요."

"그렇지만 도전을 핑계로 쾌락만 쫓으며 게을리 사는 사람이 아니라 정말 열심히 하고 있는 사람이라면 다를 거 같아."

"그럴까요? 일반적으로 꿈꾸는 삶 얘기할 때 꿈이란 건 이루기 어려운 것들이고, 심지어 실패하면 크게 불행해질 가능성이 높다고 생각하니까 계속 꿈만 따라가는 사람은 철없는 사람이 맞을 거 같은데. 뭐, 여유 자본이 넉넉하다면 자기가 어떻게 살든 괜찮겠지만."

"이런 생각은 어때? 나이에 맞게 충분히 성숙한 사람이라면 행복, 불행이 삶에 어떻게 미치는지와 꿈을 이루기 어렵다는 사실에 대해 깨달았을 텐데, 그럼에도 불구하고 꿈을 위해 도전한다면 오히려 나이 들어서 꾸는 꿈이 더 멋진 거 아닐까? 꿈보다 소중한 걸 잃을 수도 있다는 가능성 자체를 담보로 걸고 꿈꾸는 거니까 용기 있는 거지. 그 사람이 정말 진심이라면 톱니바퀴가 돼버린 다른 누구보다도 노력하고 있는 거라 볼 수 있을 거 같아."

"오... 그렇게 생각할 수도 있겠네요. 몰라서 무책임하게 도전하는 게 아니라 알지만 두려움을 떨쳐내고 도전하는 거라면 용기 있는 거겠죠."

"응. 물론 그렇다 하더라도 뭔가 책임져야 할 의무가 있는데 외면하고 꿈만 꾸는 사람이라면 마냥 멋지다고 보긴 힘들겠지만."

"그쵸... 근데 언니 말 듣고 보니 반대로 책임감 때문에 꿈을 포기하는 것도 도전이라고 볼 수 있을 거 같아요. 걸음을 멈추는 게 아니라 지켜야 할 것들을 위해 다른 방향으로 걷자고 마음 아프도록 결심하는 거니까..."

도전을 결정하는 건
열정의 크기여야 한다

"와... 그것도 맞다."

"그럼 결국 균형이 중요한 거 같은데요?"

"균형?"

"네. 쾌락을 넘어 행복을 주는 일이란, 그 일을 할 때 나 스스로가 자랑스럽고 대견하게 느껴지는 그런 일이겠죠. 안정적인 일에서도 이런 행복을 느낄 수야 있겠지만 아무래도 내가 가치 있다 생각하고, 좋아하는 일에 도전할 때 그런 행복을 느끼기 쉽겠죠. 대신 도전적인 일은 실패 가능성도 크니 큰 불행을 겪게 될 수 있고요. 그렇다고 또 불행을 피하기 위해 아무것도 도전하지 않고 안정만 추구하다 보면 회의감에 빠져서 우울해질 수도 있을 거 같고..."

"그러네. 아무래도 가장 정석은 적당히 안정적인 수입이 보장된 일을 하면서 남는 시간 틈틈이 예술이든, 봉사든, 운동이든 자신의 본성이 요구하고, 동시에 자신의 이성이 가치 있다 생각하는 자아실현 할 일을 찾아 개발하면서 성장감을 느끼는 거겠지. 안정적으로 살더라도 가슴 한편 꿈에 물을 주면서 살면 그것만으로도 삶에 아주 큰 원동력이 되니까. 그러다 보면 도전해볼 만한 매력적인 기회를 잡을 가능성도 높아질 테고. 정말로 도전하려면 일과 병행하면서 해낼 수 있을 정도의 의지는 있어야 할지도 몰라. 뭔가에 도전하기 위해 다른 일을 못한다고 한다면 그건 의지로서의 도전이 아니라 회피로서의 도망일 수도 있으니까. 애초에 의지가 없어서 낭만적으로 살겠다는 핑계로 도망친 사람이 자유롭게 내던져진 시간을 제대로 활용할 수 있을 거란 생각은 안 들지."

"아... 그럴 수도 있겠구나... 이거 완전 역설적이네요. 도전하고 싶어서 안정적인 일은 하기 싫다는 사람이야말로 일찌감치 안정적인 일을 찾는 게 나을 수도 있다는 거잖아요. 억지로 다른 일을 하더라도 그 일을 하는 동안 틈틈이, 화장실 갈 때, 밥 먹을 때, 걸을 때 끊임없이 도전하고 싶은 일이 생각날 정도는 돼야 다른 모든 일을 그만두고 올인해보라 할 수 있는 거죠. 억지로 다른 일을 하면 피곤해서 도전하고 싶은 일에 쏟을 에너지가 부족하다고 하는 사람은 애초에 그 도전도 노동으로 생각한다는 증거니까 아무리 올인한다 해도 그다지 행복하지도 않고 실패할 가능성도 높을 거 같아요."

"그럴 수 있겠지. 시화 말대로 자기가 도전하고자 하는 일에 정말 미친 듯 몰입하는 사람이라면 다른 걸 다 내려둬서라도 그 길로 제대로 달려보라고 응원하고 싶어. 그런 정말 뜨거운 열정은 쉽게 찾아오는 게 아니니까. 꿈이 크면 깨져도 그 조각이 크다는 말이 있듯이, 내가 정말 열심히 살아봤던 경험은 도전에 성공하든 실패하든 다음 인생을 살아가는데 무척 큰 재산이 될 거야. 그리고 끝내 실패하더라도 미련이 너무 크지 않을 만큼은 해보고 일어나야 오히려 빨리 달릴 수 있는 거지, 그렇게 미치도록 좋아하는 일을 해보지도 못하고 처음부터 남들 똑같이 따라가면 아쉬움의 응어리가 너무 무거워서 도저히 속력을 낼 수 없을 거 같아. 물론 실패했을 때의 출혈을 내가 감당할 수 있는 수준에서 멈춰야 할 것이고, 언젠가 자신이 지쳐간다고 느낄 쯤에 아직도 내가 정말 원해서 하는 것인가, 단순히 집착인 것인가도 냉철히 고민해야겠지만."

"아... 자신이 지쳐간다고 느낄 때... 좋아서 시작했던 일이라도 그 일이 언젠가 노동처럼 느껴지는 순간이 온다면 그때가 이제 그만 손을 놔야 하는 타이밍일 수도 있겠네요."

"그렇겠지. 좋아하는 일을 한다는 건 최대한 덜 노동하기 위해서 하는 건데, 좋아하는 일이 전혀 설레지 않고 노동처럼만 느껴진다면 더 이상 그 일을 하는 의미가 없잖아. 그렇게 지쳐버릴 때까지 노력했는데도 그 일로 안정적인 직업으로서의 자리를 못 잡았거나 비전이 보이지 않는다면 그만 놓아주고 다른 길을 찾는 것도 생각해야겠지."

"음... 근데 그게 되게 힘들 거 같아요. 내가 투자했던 시간과 노력이 헛수고처럼 느껴지고, 남들보다 뒤처졌다는 생각 때문에 자괴감 심할 거 같은?"

"둘 중 하나 골라 볼래? 70년 행복하고 30년 불행한 삶, 아니면 70년 불행하고 30년 행복한 삶."

"전자요."

"그렇지? 물론 마지막에 웃는 사람은 후자겠지만 그렇

다고 해서 후자의 사람이 전자의 사람보다 나은 삶을 살았다고 하는 건 잘못됐지. 우리 삶도 그래. 내가 살면서 친구와 차 마시고, 강아지와 놀고, 바다에 놀러 가고, 좋아하는 일에 도전했던 시간들을 아껴서 효율적으로 살았다면 지금 더 많은 돈을 벌었거나 더 성숙한 사람이 됐을 수도 있겠지. 하지만 이건 그 시간들이 지나간 과거의 일이기 때문에 할 수 있는 생각이야. 지금 생각하면 아깝게 느껴지는 시간이지만 나는 과거로 돌아간다 해도 그 시간들을 아끼지 않고 똑같이 친구와 차 마시고, 강아지와 놀고, 바다에 놀러 가고, 도전하며 살고 싶어. 지금 내 손에 남은 게 없더라도, 즐기려고 사는 삶을 그저 즐겼던 것뿐이니까."

"음... 그렇게 생각할 수도 있지만 평균 수명이 너무 길어졌잖아요. 내가 허비한 1년이 단순히 남들보다 1년 뒤처지는 게 아니라 수십 년 뒤처지는 결과를 만들 수도 있을 거 같아요."

"맞아. 그건 스스로가 정면으로 책임져야지. 이것저것 맛있게 먹다가 살찐 사람이 날씬해지려면 원래보다 덜 먹고 열심히 운동해야 하는 건 당연하잖아. 하지만 먹어 봤기에 뭐가 좋고 나쁜지 더 잘 알 수 있고, 한 번 살

쪘다고 영원히 건강을 잃는 게 아니듯 한 번 뒤처졌다고 영원히 뒤처지는 것도 아니야. 시화 말대로 사람의 수명이 늘어났지. 하지만 그렇기 때문에 기회도 많이 남았잖아. 오히려 살 날이 많이 남았기에 무엇이든 새로 시작할 수 있어. 남들의 시선을 신경 쓰지 않고 길을 찾고자 한다면 그야말로 내가 가는 모든 길이 길이라고."

보상 없이도 일을
사랑하는 법

"좋네요... 아무튼 언니는 그럼 결국 도전할지, 타협할지 결정하는 건 자기가 얼마나 그 일을 좋아하고 열심히 하는가인 거죠?"

"응. 행복은 열정에서 나온다고 생각하거든. 성공은 상대적인 거지? 세상이 발전할수록 성공의 기준은 높아질 거고 사람들은 성공해도 자신이 성공한지 조차 모르게 될 거야. 그래서 난 성공보단 행복을 따르는 게 더 좋다고 생각해. 바로 그 행복을 위해서 재능보다도 열정이 더 필요하다 생각하는 거고. 확률도 낮고 리스크가 큰 도박 같은 도전이 아닌 건강한 도전이라면 그 도전을 하는 것 자체만으로도 의미 있으니까."

"성공해도 자신이 성공한지 조차 모르게 될 거란 말이

마음에 꽂히네요... 음... 근데 결국 재능 있는 사람이 웬 만하면 열정도 강한 거 아닐까요?"

"뭐, 시화 말대로 사람은 잘하는 걸 좋아할 가능성이 높을 테니 그럴 수도 있겠지만 아무리 재능 있어도 바라 는 게 없으면 열정이 없을 수도 있고, 재능 없어도 간절 한 마음으로 열심히 할 수도 있다고 생각해."

"음... 그때 언니가 해준 얘기 생각나네요. 속물적인 욕 망을 활용하라고. 감정적이지 않은 욕망은 욕망이 아니 라고 했죠. 그리고 속물적인 욕망이야말로 가장 감정적 인 욕망이니 그 속물적인 욕망을 교묘하게 이끌어서 좋 은 결과를 만들면 되는 거라고..."

"교묘하게...? 내가 그랬나? 그러고 보니 시화 그때 뭐 하고 싶은 거 생겼다고 했었지? 잘하고 있니?"

"어... 며칠 열심히 하긴 했는데... 금방 식었어요."

"저런, 아쉬워라."

"저는 열정이 없는 사람인가 봐요. 잘하는 게 없는 바 보라서 그런가..."

"잘 못해도 꿈에 몰입하면 그것만으로도 얼마나 행복 한데. 그리고 내가 보기엔 시화 재능 있어."

"아닌 거 같아요. 재능 있는 사람도 부럽지만 열정 있는 사람들이 진짜 부럽다... 그때 욕망에 대해서 얘기할 때, 속물적인 욕망은 일을 시작하는 초반에 활용하면 좋고 나중엔 그 일에 대한 내 감정이 중요해진다고 했었잖아요? 그건 정확히 무슨 얘기였어요?"

"아! 그 이야기를 해봐야겠구나. 그래, 좋네. 일단, 우리가 어떤 일에 대해 느끼는 감정은 우리가 다른 사람에게 느끼는 감정과 같다는 걸 알아야 해."

"무슨 소리예요?"

"시화는 보통 어떤 사람을 좋아하니? 구체적으로 이야기해볼래?"

"음... 능력 있고, 말 잘 통하고, 도덕적이고... 음, 마음이 따뜻하고? 그런 사람 좋아하는 거 같아요."

"능력 있다는 말은 직설적으로 말하면 그 사람이 나한테 도움된다는 뜻인 거지? 말이 잘 통한다는 건 그 사람과 함께 있는 시간이 즐겁다는 뜻이고."

"사실 그렇죠."

"그렇다면 시화가 좋아할 수 있는 일이란, 시화한테 도움되고, 그 일하는 시간이 즐겁고, 그 일의 결과가 도덕적이고, 그 일에서 어떤 감성적인 따뜻함을 느낄 수 있는 일인 거야."

"음…"

"당연한 소리 같지?"

"네. 조금?"

"그런데 여기엔 아주 중요한 사실이 숨어 있어. 만약 비즈니스적으로 굉장히 능력 있지만 모든 행동과 말이 이성적이고 계산적이기만 한 사람이 있다면 그 사람을 감정적으로 좋아할 수 있겠니?"

"어렵겠죠."

"그렇지? 딱히 싫어하진 않더라도 좋아하기도 힘들 거야. 같이 게임을 한다거나 등산을 하고 싶진 않겠지."

"네."

"그런 계산적인 사람을 좋아할 수 없는 이유는 그 사람 앞에 나보다 능력 좋은 사람이 나타나면 나는 버려질 거란 사실을 알기 때문이야. 우리가 감정적으로 좋아할 수 있는 사람은 내가 조금 못하더라도 나를 좋아해 주고 믿어주며 응원해 줄, 그런 사람이지. 그렇지?"

"맞아요."

"이 이야기를 그대로 가져와서 일에 적용해볼까? 내가 어떤 일을 하는데 그에 대한 보상을 따박따박 받다 보면 우리는 무의식적으로 뭘 깨달을까? 나보다 능력 있는 사람은 나보다 많은 보상을 받을 거란 걸 깨닫겠지. 그렇게 되면 그 일을 싫어하진 않더라도 결코 좋아할 수 없게 되는 거야. 게다가 평균 이상을 해야만 평균의 보상을 받을 수 있는 경쟁사회에서는 필연적으로 과반수 이상의 사람들이 남들보다 보상을 적게 받는다고 생각하며 무기력감을 느낄테고, 잘 해내지 못하면 뒤처질 거란 두려움 때문에 그 일이 미워질 가능성도 높지."

"아... 보상만을 바라고 일하면 그 일을 좋아할 수 없게 되는 게 당연한 거네요... 그럼 보상을 넘어서 그 일의 도덕적인 점, 재밌는 점, 따듯한 점 등을 찾아야 된다는 거죠?"

"최소한 시화한테는 그렇지. 사람마다 좋아하는 가치가 다를 테니."

"아하."

"만약 어떤 사람이 나한테 잘 해주긴 하지만 나 빼고 다른 사람들한테 훨씬 잘 해주면 왠지 밉고 서운할 수 있겠지?"

"음... 그럴 거 같아요."

"하지만 그 사람이 정말 위대하고, 선하고, 아름다운 사람이라면 비록 그 사람이 나한테 잘 못 해주더라도 계속 좋아할 수 있을 거야. 우상 같은 존재일 테니까. 혹은 어떤 사람이 당장 나에게 도움 안 되더라도 그 사람과 행복했던 추억이 있다면 여전히 그 사람을 좋아할 수 있겠지. 바로 이게 답이야. 내가 어떤 일에 재능이 없더라도 계속 그 일을 좋아할 방법은 그 일에 대한 우상화, 그리고 그 일과의 즐거운 추억을 만들어서 그 일 자체에 좋은 감정을 갖는 거지."

"아하...! 아... 내가 재능이 없더라도 어떤 일을 좋아하기 위해선 그 일의 위대하고 아름다운 점을 찾고 그 일을 즐기면서 그 일 자체에 좋은 감정을 만들어야 한다는 거네요?"

"응. 바로 그게 보상에 대한 속물적인 욕망을 넘어서 노력을 오래 지속할 수 있는 방법이지."

"아... 재밌네요. 근데 그럼 애초에 어떤 일을 선택하느냐가 되게 중요할 거 같은데요? 누가 봐도 대단치 않은 일을 하면서 그 일의 위대하고 아름다운 점을 찾기는 힘들 테니까요."

"이왕이면 처음부터 내가 가치 있다고 생각하는 일을 고르는 게 좋겠지. 하지만 내가 지금 어떤 일을 하더라도 그 일의 아름답고 위대한 점을 찾고자 하면 얼마든지 찾을 수 있다고 생각해. 예를 들어 지금 하는 일이 힘들지만, 이 일을 함으로써 내 가족이 행복하고, 내 가족의 행복이 주변에 선한 영향력을 끼치고, 그 영향력이 세상을 아름답게 만든다고 생각할 수도 있지. 혹은 이 일을 견디며 해내는 나의 의지가 대단하고, 이 의지가 또다시 나의 의지를 강하게 만들어 줄 것이고, 그로 인해 나의 자존감이 높아져서 세상에 기여할 수 있게 되고, 설령 빛을 보지 못해 스러진대도 내가 스스로를 아름답게 여긴다면 그건 또 얼마나 낭만적이고 위대한 일인가, 라고 생각할 수도 있지. 그리고 이러한 생각은 단순히 상상이 아니라 충분히 진실이 될 수 있는 것들이고, 그리하면 내 일은 진실로 아름답고, 선하고, 위대한 게 되는 거지."

"음… 멋지긴 한데 삶의 매 순간 감사함을 느껴야 한다는 말만큼 까마득하게 느껴지는 말이네요."

"맞아. 어려운 일이야. 가진 것에 적응하고 무료해지는 건 인간의 본성이기 때문에 매 순간 감사함과 위대함을 느끼는 건 굉장히 힘든 일이지. 이성을 끊임없이 활용해야 하니까. 하지만 그래도 해야 된다고 생각해. 우리 전에 같이 이야기했듯, 감정은 결국 세상에 대한 해석에 따라 달라지는 거지? 그리고 무언가가 내 본성이 되려면 그 무언가에서 꾸준한 행복감을 느껴야만 한다는 이야기도 했었지. 매 순간의 나 자신과 내 상황을 언제나 아름답고 위대하게 해석하며 행복감을 느끼는 연습을 오래 하면, 나중에는 어떤 상황이 닥쳐도 평온함을 유지할 수 있게 될 거야."

"와... 만약 그렇게 될 수 있다면 진짜 어떤 상황에서도, 그 누구한테도 상처 안 받을 수 있을 거 같아요."

"맞아. 물론 내 뇌가 가진 본성을 바꾸는 일이니 오래 걸리고 어렵겠지만, 그래도 인간이 괜히 적응의 동물이겠니? 뇌는 무언가가 필요하다 싶으면 정말로 바뀔 수 있어. 어떤 것에 행복감을 느껴서 그것이 좋은 거라고 뇌한테 계속 알려주면, 뇌는 반드시 내가 그것을 더 자주 할 수 있도록 도와줘. 감사와 칭찬이 이런 원리야. 불행한 조건에도 항상 감사할 점을 찾아 좋은 기분을 오래 느끼면, 뇌는 그 조건을 생존에 도움되는 상황으로 판단하고 불행감 생성을 멈추지. 그리고 내가 노력할 때 아무리 힘들어도 언제나 스스로 감탄하고 칭찬하면, 그때도 뇌는 그 노력을 생존에 도움되는 행동으로 판단하고 덜 힘들게 느끼도록 도와줘. 우리가 하는 모든 노력이

결국 행복해지기 위해 하는 거지? 그 모든 다른 노력보
다 더 확실히 행복해질 수 있는 이 노력을 안 할 이유가
대체 뭐 있겠어."

최고로 열심히 사는
사람들의 비결

"그럼 이건 어때요? 사람은 어려운 일을 할 때 무기력감을 느끼잖아요? 그 무기력감 느끼는 자신을 대단하다고 칭찬하면서 행복감을 느끼는 거죠. 그럼 무기력이 무기력처럼 안 느껴지지 않을까요?"

"음, 그건 좀 이상한데? 단순히 칭찬한다고 되는 게 아니라, 상상력을 통하든 진실을 통하든 진짜 진심으로 칭찬할만한 점을 찾아야 돼. 아니다, 내가 시화보다 상상력이 부족한가 보다."

"킥, 아니요. 제가 봐도 안 될 거 같긴 하네요. 그러면, 무기력감을 느낄 때 이렇게나 열심히 노력하는 내 의지를 칭찬해야 되는 건가?"

"너무 좋지. 나 자신과 일 전부에 긍정감을 갖는 게 가장 좋지만, 그 일이 도저히 좋아하기 힘든 일이면 그렇게라도 해야 돼."

"으흠... 저 요즘 공부하다가 무기력하면 청소하는 습관 들였는데, 공부보다 청소를 더 잘하게 됐어요. 집이 아주 반짝반짝. 공부보다 더 싫은 걸 찾으면 공부를 하게 되려나?"

"킥킥, 좋은데?"

"좋은 건가..."

"나는 무기력할 때 명상 많이 해."

"흠, 명상?"

"잠시 일을 내려놓고 최대한 평온한 마음으로, 현재의 내 느낌과 모든 순간 자체를 온전히 느끼는 거야. 명상은 내가 현재 처한 상황이 불행한 상황이 아님을 뇌에게 알려줘서 뇌가 불행한 문제들에 덜 민감하게 반응하도록 훈련시키는 거야. 그러니 명상은 당장의 무기력감을 해소할 수도 있고, 장기적으로 무기력감을 쉽게 느끼지 않게 되는 효과도 있지."

"오... 되게 괜찮은 방법 같아요."

"맞아, 좋아. 그리고 뭔가 하고 싶은 걸 참을 때도 좋고."

"어떤 거요? 게임, 술?"

"응. 예를 들어 술 생각이 나는 이유는 강한 쾌감 경험으로 인해 술이 생존에 이득을 주리라고 뇌가 착각하기 때문이거든. 술을 참을 때 드는 불편한 감정은, 그렇게나 생존에 이득이 되는 것을 먹지 않으면 불리해질 거라고 뇌가 보내는 경고지. 그러니 명상으로 뇌의 착각을 달래주면 술 생각이 줄어들게 돼. 대신 명상의 효용성이 평온함을 느끼는 것 그 자체에 있으니 혹여나 명상하는 도중 불편한 감정이 들면 전혀 효과가 없게 되고. 예를 들어 명상이 약한 술 생각을 떨치는 데는 효과가 있지만 강한 알콜 중독을 벗어나려면 명상을 할 게 아니라 병원에 가야 하는 거지."

"으흠. 그러면 명상할 때 감사, 칭찬도 같이 활용하면 효과가 더 좋지 않을까요? 내 상황이 더 나쁘지 않고 내 의지로 뭔가 노력할 수 있음에 대한 감사, 좌절하지 않는 스스로에 대한 칭찬, 뭐 이렇게?"

"오, 좋다고 생각해. 사람을 움직이는 건 결국 감정이니까. 내가 노력하는 과정을 좋게 느끼면 의지가 강해지고, 밉게 느끼면 의지가 약해지겠지."

"음, 좋네요. 그럼 이건 어때요? 노력하는 과정을 밉게 느끼면 의지가 약해지잖아요. 이걸 뒤집어서 노력하지 않는 나를 채찍질하고 밉게 느끼면 노력하려는 의지가 강해지지 않을까요?"

"아고, 아쉽게도 그건 아니야. 그 안에 어떤 형태로든 자기혐오가 들어있잖아. 의지가 약해서 실패하더라도, 스스로에게 실망하고 욕할 게 아니라 그만큼이나 해낸 나를 칭찬하고 이번엔 이만큼 노력했으니, 다음엔 더 잘 해낼 수 있으리라 격려하는 게 더 좋아."

"음... 그런가? 뭔가 나태해질 거 같은데."

"자기 파괴가 진짜 무서운 이유는, 그 안에 쾌락적 감정이 숨어있다는 사실이야. 날 괴롭히던 모기를 잡을 때 후련하듯, 사람은 자신에게 불편함을 주는 대상을 공격할 때 쾌락을 느끼도록 진화했어. 이건 스스로에게도 마찬가지지. 내가 스스로를 욕하고, 스스로를 공격하는 행동을 하면 내면 깊이 후련함을 느껴버리는 거야. 그래서 자기혐오적인 생각과 행동은 내 본성에 아주 큰 영향을 줘. 자기혐오가 습관이 돼버리는 거지. 미워하는 사람이 잘 되길 바라지 않는 거처럼, 이런 자기혐오는 나를 함부로 다루게 하니 결코 긍정적인 효과가 없지."

"으흠. 전에 내가 나를 대하는 태도는 결국 타인을 대하는 태도와 같다고 했던 언니 말이 생각나네요. 타인에게 공격적인 사람은 언젠가 그 습관이 반드시 자신을 공격할 것이고, 타인에게 아름다움을 느끼는 사람은 그 습관이 또 자신에게 돌아오겠네요."

"맞아. 정말로 정확해. 그래서 타인에게 비난을 일삼고, 화를 내는 진상들은 사실 많이 불쌍한 사람들이지. 그 말들이 바로 평소에 자기 자신에게 하는 말이니까."

"하... 참."

"그리고 자기혐오에 더해서, 불행이란 감정도 그 자체로 안 좋아."

"왜요? 불행 덕분에 안 좋은 것을 피할 수 있잖아요."

"맞아. 불행 역시 생존에 도움됐기에 진화한 형질이지. 그런데 급변한 현대 환경에서 불행은 긍정적인 기능을 거의 못하고 있어. 우리가 현대 경쟁 사회에서 느끼는 불행은 과거엔 정말 거의 없던 것들뿐이니까. 불행으로 해결할 수 있는 일은 아주 단순한 원초적 욕구뿐이야. 원시 인류에게 불행이라고 해봐야 먹을 것이 없거나, 배우자를 잃거나, 몸을 다쳤을 때 느끼는 것들이었지. 하지만 너무나도 넓어진 이 세상에서, 경쟁 시스템에 적응한 우리의 뇌는 타인이 더 맛있는 걸 먹으면 내건 썩은

고기라고 착각하고, 타인이 가진 물건이 없으면 사냥에 필요한 돌멩이가 없다고 착각하고, 게임 대신 일을 하면 효율 나쁜 사냥 방식이라고 착각해. 이런 종류의 불행은 내 뇌가 달라지지 않는 한 영원히 해결될 수 없잖아. 불행의 순기능을 거의 다 잃었다는 거야. 우리 감정이 몸통이면 이성은 감정의 팔다리라고 했었지? 팔다리가 아무리 튼튼해도 몸통이 병들면 의미 없듯, 이성적으로 아무리 좋은 목표를 세워도 감정이 병들면 노력할 수 없게 돼. 다리가 튼튼해도 심장이 고장 나면 잘 달릴 수 없는 것처럼 말이야. 그러니 불행한 감정은 결코 나를 더 좋은 길로 이끌지도 못하고, 혹여 그러한 감정들을 동기로 성장하게 되더라도 그 끝엔 더 위까지 성장하지 못한 자신을 책망하는 마음만 남게 될 거야. 책망이 본성이 돼 있을 테니까."

"그렇구나. 음... 하긴, 불행 때문에 이득 보는 것보다 손해 보는 게 훨씬 많긴 하겠네요. 쾌락중독이나 나쁜 일에 빠지는 것도 그게 좋아서가 아니라 그걸 안 할 때 불행을 못 견뎌서니까요. 정말 불행을 안 느낄 수 있다면 나태해지는 게 아니라 진짜 행복을 위해 꿈에 그리는 완벽한 이상적 자아의 모습으로 살게 되겠죠."

"맞아. 그리고 그 방법은 좀 전 이야기와 같이, 내 모습과 내 삶의 과정 자체를 언제나 아름답고 감사하게 해석하며 행복감을 느끼는 거지. 일 자체에 좋은 감정을 가져야 보상 없이도 그 일을 계속할 힘이 생기는 거처럼, 그 모든 순간을 감사하고 아름다운 순간으로 여기며 좋은 기분을 느끼면, 이 평온함은 내 인생을 더욱 도전적이고 열정적으로 살게 할 원동력이 될 거야. 어떤 두려움도, 무기력감도 느끼지 않을 테니까."

"으흠... 이해했어요... 그렇구나. 어떤 일을 할 때 무기력감과 두려움을 느낄수록 그 일이 싫어질 테니 장기적인 노력을 위해선 부정적 감정이 없는 게 확실히 낫겠네요."

"맞지."

"음... 근데 아무리 그래도 모든 불행을 안 느낄 순 없을 거 같아요. 가족을 잃고도 긍정적으로 해석하며 불행감을 안 느낄 수 있을까요?"

"물론 슬픔에 의한 불행은 어쩔 수 없지. 아무리 긍정적인 사람이라도 사랑하는 사람을 잃고서 슬픔을 안 느낄 순 없을 테니까. 하지만 분노, 질투, 열등감, 혐오 같은 파괴적 감정에 의한 불행은 그 감정을 대하는 내 태도에 따라 얼마든지 습관이 바뀔 수 있어. 화낼수록 점점 더 자주 화나는 사람이 되고, 내 너그러움에 감사할수록 더 너그러운 사람이 되는 거지. 그리고 슬픔은 오히려 좋은 감정이야. 슬픔 덕분에 사랑하는 사람들을 더 사랑할 수 있잖아. 슬픔에는 공격성이 없으니 부작용도 없고, 비교에 의한 감정도 아니니 언젠간 반드시 망각의 치유를 받을 수 있지. 물론 슬픈 일을 겪은 당장에는 다른 것 보다도 아픈 마음을 치료하는데 집중해야 할 거야. 감정이 아프면 노력하기 힘드니까. 하지만 슬픔이 치유되고 연민으로 남으면 이 연민이 사랑하는 사람을 위해 노력할 강력한 힘이 돼. 그리고 이러한 연민을 많은 사람에게 느끼는 사람일수록 더 열심히 살 수 있겠지. 아이가 병에 걸리면 어머니는 그 병의 전문가가 된다는 말이 있지? 세상 모두를 아름답게 해석하며 세상 모두에 좋은 감정을 느낄 수 있다면, 세상 모두의 아픔에 연민이 생길 테니 그건 내 삶에 엄청난 원동력이 되겠지. 세상을 가족처럼 여기는 사람이 세상 그 누구보다 열심히 사는 사람이야."

"아... 행복은 열정에서 나오는 거니까, 세상을 가족처럼 여기고 연민을 느낄 수 있는 사람은 역설적으로 이 세상 모두가 행복해지기 전까진 마르지 않을 행복의 기회를 가진 거네요."

"와... 그렇게까지는 생각 못했는데. 고마워."

"희희, 좋네요... 근데 그렇게 되기까지 힘들긴 할 거같아요. 온종일 가만히 있는 게 아니고서는 사회생활도 해야 하고, 공부도 해야 하고, 일도 해야 하는데 모두 다 이성을 써야 하는 일이잖아요. 노력한다고 완전히 다른 생각을 동시에 할 수 있는 것도 아니니 매 순간 감사 감사, 위대 위대 신경 쓰다 당장 해야 될 일에 집중 못 할수도 있고..."

"맞아. 그저 최대한 할 수 있는 만큼 노력해야지. 해야할 일을 하는 것도 중요하지만, 해야 할 일을 더 잘하기위해 평온한 마음도 중요한 거니까. 이제 우리는 감사를 충족에 대한 반응이 아니라 충족해내기 위한 도구로 활용할 수 있는 거야. 그리고 최소한 잠들기 전에는 할 수있잖아. 자는 동안에 꾸는 꿈은 자기 전에 무슨 생각을 했느냐에 따라 많이 다르지? 자기 전에 공부했던 내용이 더 또렷하게 이해되기도 하고. 자는 동안에 뇌에서 깨있을 때의 정보를 정리하고 편집해서 그래. 그러니 최소한 잠들기 전에 나와 타인들의 위대하고 아름답고 감사한 점들을 떠올리며 그 좋은 기분을 느끼는 습관을 들이면 그것만으로도 무척 유의미하게 바뀔 수 있지."

"아... 좋네요. 당장 오늘부터 시도해볼게요. 진짜로."

"너무 멋있다."

"음... 만약 그렇게 해서 제가 어느 순간에도 남과 나를 사랑할 수 있고 남과 비교하지 않을 수 있게 된다면 앞으로 어떤 일을 선택할지에도 많은 영향을 미칠 거 같아요. 집착을 버리고 뭔가 좀 더 아름다운 일을 할 수 있게 되지 않을까, 하는 느낌?"

"그럴 수 있다면 정말 최고겠다. 진심으로 응원할게."

"희희. 좋네요... 사실 언니랑 이렇게 얘기하고 난 지금도 좋아하는 일에 도전할지, 타협해서 안정적인 일을 할지에 대한 고민이 엄청 후련하게 해결된 건 아니지만, 그래도 좋은 선택을 하기 위한 많은 지표를 얻은 거 같아요. 고맙습니다."

"나도 고마워. 지금도 세상 많은 사람들이 도전할지, 타협할지, 열심히 고민하고 있을 거야. 다들 끊임없이 크고 작은 도전을 하면서 되면 되는구나, 안 되면 안 되는구나 수긍하고 적응하며 사는 거겠지. 도전적인 삶이 나은지 안정적인 삶이 나은지 완벽한 정답이 어디 있겠어. 결국엔 자신의 성향과 상황에 맞춰 스스로 해야 하는 결정인걸. 단지 도전하는 사람에게는 그 용기에 박수를, 그렇지 않은 사람에게는 공감과 위로를 건네면 되지. 도전하는 사람이라고 안정이 싫은 게 아니고 도전하지 않는 사람이라고 도전이 싫은 게 아닐 테니까."

운동이 곧 행복이다

"볼 때마다 느끼는데 언니 손 진짜 이쁜 거 같아요."

"핸드크림 발라서 그래. 안 바르면 각질 올라와서 귤 속껍질처럼 돼."

"진짜요? 완전 하얗고 길쭉해서 손잡고 싶어지는 손인데."

"차암나, 지 손은. 손 말고 나도 시화처럼 얼굴이 이쁘장한 궁뎅이 복숭아 같았으면 좋겠다."

"궁뎅이...? 키키. 아니에요, 저 엄청 빡세게 화장한 거예요."

"뭐야, 기술빨이었어? 빨리 나한테도 전수해."

"아핫하. 알려준다 하면 귀찮다 할 거면서."

"그렇지. 시화 진짜 부지런해."

"재밌어요. 지우기가 귀찮아서 그렇지."

"화장이 재밌다니, 부럽구만… 맞아. 지우는 것도 일이지."

"그나마 화장하는 것보단 지우는 게 쉬우니까 망정이지, 그 반대였으면 피부 헬 파티 될걸요."

"오, 상상만 해도 두렵다. 술 먹고 집 갔는데 화장을 한 시간 동안 지워야 한다면?"

"죽여줘…"

"안돼, 죽지 말어."

"언니, 다음에 제가 언니 화장 한번 하게 해주면 안 돼요? 그래서 같이 사진 찍고 하면 재밌을 거 같은데."

"으엑, 싫어. 삐뚤빼뚤 그릴 거잖아."

"아니 설마요?"

"내가 웃음 못 참고 막 얼굴 꾸기면서 웃을 건데?"

"아잇 진짜."

"킥킥."

"어, 근데 손에 여기 굳은살 뭐예요?"

"그만 좀 조몰락 해."

"언니 철봉 해요?"

"응. 귀여운 헬린이야."

"이거 운동 조금 한다고 생기는 그런 굳은살이 아닌 거 같은데…"

"유산소 운동만 하니까 지루해서 이것저것 좀 했지."

"운동이 재밌어요?"

"응."

"좋겠다. 제 본성적 욕구엔 운동이 전혀 없나 봐요. 살면서 운동하고 싶다는 생각을 해본 적이 없는 거 같은데."

"나도 옛날엔 그랬어."

"그래요? 어떻게 하면 운동이 재밌어져요?"

"산책 정도는 일단 시작하면 재밌어. 운동하는 내 모습에 뿌듯함을 느끼다 보면 힘든 운동도 재밌어지고."

"으흠. 노력이 많이 필요하겠네요. 대체 운동은 왜 힘든 걸까요? 운동하면 건강해지고, 건강해지면 생존율이 올라갈 텐데, 그럼 진화적으로 운동이 재밌어야 하는 거 아닌가?"

"일단 해보면 재밌을 수도?"

"재미없던데요? 혹시 이런 거 아닐까요? 아주 과거엔 너무 활동적인 사람은 맹수한테 잡아먹히고 죽어서 오히려 비활동적인 사람들의 유전자가 후대에 많이 전달된 거죠. 그래서 제가 움직이기 싫어하는 거구요. 그리고 언니처럼 많이 운동할수록 운동이 재밌어지는 이유는 몸이 건강할수록 맹수를 마주쳐도 살아남을 확률이 높으니까 그때부터는 가만히 있는 것보다 활동적으로 움직여서 식량을 구하는 게 생존율이 높은 거죠."

"오, 재밌는 관점인데?"

"논문 하나 써주세요."

"근데 그거 말고 다른 이유가 있어."

"뭐예요?"

"운동이 재미없는 게 아니라 시화한테 운동보다 재밌는 게 많아서 그래."

"아!"

"과거 인류에게 에너지 절약과 창의성을 위해 시화 말대로 귀찮음이 필요했겠지만, 그렇다고 계속 가만히 있는 것보단 어쨌든 움직이는 게 유리한 점도 많았을 거야. 돌과 나무를 날카롭게 깎고, 열매와 사냥감을 찾아다니고, 동물의 가죽을 벗기고, 아이들과 놀아주며 재능 계발을 돕고, 안전하게 밤을 보낼 터를 닦는 등 생존을 위해 반드시 필요한 노동이 있었겠지. 과거엔 게임이나 정제 알콜 같은 유혹도 거의 없었을 테니 그런 노동에 큰 무기력감이 없었을 테고 나름 즐거웠을 거야. 남편 따라 억지로 나갔지만 막상 할 때는 재밌는 스포츠? 그런 느낌이었겠지. 그런데 현대에는 직업활동 시간이 길어서 피곤하기도 하고 집에 가만히 앉아 즐길 거리가 너무 많잖아. 컴퓨터, 음악, 드라마, 책 등을 통해서 성취적, 관계적 성장감을 훨씬 강하고 빠르게 느낄 수 있기에 그런 신체 활동이 상대적으로 재미없게 느껴질 수 있지."

"그렇구나..."

"여기에 위험한 부분이 있어. 아무것도 안 하고 가만히 있을 때 뇌가 무기력감을 발생시키는 건 내가 생존 활동을 안 하고 있다는 경고거든? 그런데 컴퓨터 앞에 앉아서 여러 가지 정보를 습득하다 보면 뇌는 내가 어쨌든 뭔가 열심히 하나 보다 착각해. 하지만 실제로 내 신체는 가만히 있기 때문에 신체에는 무기력감이 쌓이게 되는 거야. 그래서 우울증을 진단받는 현대인 중에는 자기가 우울증인지 몰랐던 경우도 많아. 본인 스스로 행복하다고 생각하는데 우울증이라고 하니 깜짝 놀라지. 원인을 찾을 수 없는 신체 통증 때문에 수많은 병원을 돌아다니다 최종적으로 우울증이었다고 진단을 받는 거야."

"헐... 가만히 앉아서 컴퓨터만 했는데 몸에 힘이 다 빠지고 피곤한 경우가 그런 이유인 거예요?"

"응. 잠이나 영양이 부족한 게 아닌데도 그렇다면 그땐 몸이 피곤한 상태가 아니라 무기력한 상태인 거지. 그럴 땐 오히려 밖에 나가서 산책이라도 하면 컨디션이 괜찮아지게 돼. 내 신체가 원하는 걸 해준 거니까. 우리 감정의 중요성에 대해서 자주 이야기했지만, 결국 그 감정도 신체에서 나오는 거잖아. 신체의 목소리에 귀 기울이지 않으면 행복을 위한 다른 모든 노력이 의미 없어질 수도 있어."

"아... 저 예전에 마트에서 알바할 때 같이 일하던 여사님 한 분이 어디 잘 나가는 기업의 사모님이셨거든요. 왜 여기서 일하시냐고 물어봤는데 집에서 쉬면 우울해서 일한다고 하시더라구요. 그분이 되게 현명하셨던 거네요?"

"글쎄 그건... 더 좋은 방법도 있었을 거 같긴 한데, 아무튼 집에서 가만히 노는 것보단 현명하셨던 거지."

"음... 그럼 얼마만큼의 운동을 해야 신체에 무기력감이 안 쌓일까요?"

"사람마다 다르지? 내가 근력 운동하는 건 그냥 취미로 하는 거고, 중요한 건 유산소 운동인데... 음... 그래, 만약 시화가 컴퓨터, 휴대폰, 독서 등 움직이지 않고 할 수 있는 모든 것들을 못하게 된다면 어떻게 될 거 같아?"

"엄청 심심하고 우울할 거 같은데..."

"그러면?"

"답답해서 친구를 만나든, 어디든 돌아다닐 거 같아요."

"응. 바로 그거야. 집에서 가만히 즐길 수 있는 것들을 모두 못하게 됐을 때 생기는 무기력감이 뇌가 나보고 좀 움직이라며 보내는 신호야. 그 무기력감이 다 풀릴 만큼의 신체 활동이 자신의 신체가 필요로 하는 활동량인 거지."

"아하... 그럼 아예 며칠 날 잡고 컴퓨터, 휴대폰, 다 끊으면 내 신체가 원하는 운동량이 얼마큼인가 알 수 있겠네요?"

"응. 만약 사람들한테 컴퓨터와 휴대폰, 책 같은 걸 다 뺏으면 신체 활동이 극구 싫다던 사람들도 강아지처럼 산책하고 뛰어다니는 걸 좋아하게 될 거야. 그러니 무기력하고 우울할수록 일단 몸을 움직여야 하는 거지. 원래 그게 자연스러운 거니까."

외로움은 고마운 잔소리다

"언니는 그런 걸 다 생각하면서 사는구나..."

"나도 다 배운 거지 뭘..."

"진짜, 언니가 평소에 무슨 생각 하고 사는지 궁금할 정도예요. 이 언니 머리에 대체 뭐가 들은 걸까?"

"내 머릿속에?"

"네. 빙의해서 뇌를 샅샅이 뒤져보고 싶어요."

"내 머릿속엔 뒤룩뒤룩 살찐 시화 굴러다녀."

"언니 머릿속에요?"

"응."

"저런. 왜 살쪘데요 걔는?"

"구워 먹으려고 과일농장에 키웠더니."

"아이쿠 저런. 시화 과일 별로 안 좋아하는데."

"먹으라고 열심히 간지럼 태웠어."

"오호. 살이 야들야들해졌겠네요. 체하지 않게 꼭꼭 씹어 드세요."

"시로! 귀여워서 그냥 계속 키울래."

"킥. 아 웃겨."

"후후. 시화가 웃는 거 볼 땐 나도 기분이 좋아져."

"진짜요? 꺄륵! 꺄르르륵~"

"퓹."

"저는 언니랑 노는 동안엔 외로운 감정이 다 없어지는 거 같아요."

"그런 건 남자친구한테 바라는 게."

"소개도 안 시켜줄 거면서 상처 주지 마시죠?"

"소개해줘? 유부..."

"유부남은 안됩니다."

"아깝네."

"아깝긴 무슨..."

"남자 친구 만들려면 얼마든지 만들 수 있으면서 핑계 대는 시화, 제법 맹랑해?"

"뭘 얼마든지 만들어요. 전 바보예요 바보. 그냥 바보도 아니고 외로운 바보, 후엥!"

"시화의 그런 말은 이 언니 마음을 무척 아프게 한단

다."

"아, 맞다... 헤헤. 언니도 외로울 때 있어요? 가족이 있고 애인이 있어도 외로울 땐 외롭잖아요."

"종종 외롭긴 해."

"그래요? 왠지 언니는 외로움을 모르는 사람 같은 느낌이라."

"그냥 열심히 사니까. 외로울 틈이 별로 없는 거지."

"저도 요즘엔 나름 열심히 사는데 왜 외로울까요?"

"성격이 다른 거지 뭐. 외로움도 필요하기 때문에 있는 건데."

"뭔 말이에요?"

"사람은 외로워서 다른 사람과 함께하는 게 아니라 외로워야 다른 사람과 함께할 수 있는 거거든."

"외로워야 다른 사람과... 아 그러니까, 외로움도 사는 데 도움이 돼서 있다는 거네요."

"응. 사람은 사회적 동물이니까 사람들과 함께할 때 배우고 성장할 기회가 많은 거지. 사람이 아프면 특히 더 나를 도와줄 사람이 필요하잖아? 우리가 아플 때 유난히 더 외로운 이유야. 많이 외로워야 누구 한 명이라도 붙잡고 치댈 수 있으니까. 아파도 외롭지 않으면 누군가에게 도움을 요청할 의지도 안 생기고, 그럼 결국 그게 더 외로운 거지. 만약 아플 때 나를 도와줄 사람이 한 명도 없으면 엄청 외로울 뿐만 아니라 병도 낫기 힘들 거야."

"아... 제가 부모님한테 정 뗐다고 생각하다가도 너무 힘들거나 우울할 땐 보고 싶어지는 게 이거였나 봐요... 가족이 중요한 이유라고 볼 수도 있겠네요. 결국 마지막까지 곁에 있어주는 건 가족이니까... 아무리 가족이 힘들게 해도 도저히 떠나지 못하는 사람들 보면 너무 답답했는데 그 심정이 이해되는 거 같기도..."

"그렇구나... 그래도 시화가 평소에 외롭다, 외롭다 하면서도 가족 이야기를 거의 안 한다는 건 시화 주변에 가족만큼 좋은 사람이 있다는 거겠지."

"그게 누구겠어요?"

"글쎄. 시화가 먼저 좋은 사람이라서 주변에 좋은 사람이 한두 명이 아닐 거 같은데?"

"흥. 모르면 됐어요."

"오, 새침하네."

"킥. 아무튼 사람은 사회 활동을 하면서 배우고 성장할 수 있으니까, 그러기 위해 외로움을 느낀다는 거잖아요? 그럼 혼자 있을 때 외로움을 잘 안 타는 사람은 다른 사람들하고 있을 때보다 혼자 놀 때 더 많은 걸 얻는 사람이란 뜻일 수도 있겠네요?"

"응. 그래서 적당한 취미 생활이 좋은 친구인 거지. 혼자서도 성장감을 느끼게 해주는 활동을 꾸준히 하게 되면 뇌는 내가 혼자서도 잘 생존할만한 사람이겠거니 판단해서 외로움을 덜 발생시키니까."

"으흠... 그럼 외로움을 잘 안 느낄수록 더 성숙한 사람이겠네요. 협력을 통해 해야 하는 일을 혼자서도 해낼 수 있는 부분이 많다는 거잖아요."

"음... 맞긴 한데 무조건 그렇진 않을 거 같아."

"그래요?"

"외로움을 많이 느끼는 사람은 사람이 필요한 사람인 동시에 또 사람들이 필요로 하는 사람이니까. 이타적인 에너지를 가진 사람들이 외로움을 잘 느끼거든. 외로워야 다른 사람의 좋은 것을 나눠 받을 수 있고 또 내가 가진 좋은 것을 나눌 수 있잖아."

"아, 또 그렇게 들으니까 외로워할 줄 아는 사람이 진정 상냥한 사람일 수 있겠다란 생각도 드네요."

"외로워할 줄 아는 사람이란 표현 되게 좋다. 맞아. 외로움은 나쁜 게 아니라 내가 이타적인 사람이란 증거인 동시에 내 성장을 부추기는 고마운 잔소리 같은 거지. 외로움을 많이 느끼는 사람은 사람들을 만나며 좋고 나쁜 다양한 감정과 에너지를 나누는 게 성장하고 행복할 방법인 거야. 그렇게 사람을 만나는 게 단순히 외로움을 해소할 뿐인 게 아니라 성장하고 성숙해지는 과정임을 이해하면 만남이 더 의미 있고 아름다워지겠지. 그러니 외로움이 있을 때 열심히 해소하며 행복하게 살아야 해. 성숙함으로 외로움을 덜 느끼는 게 아닌, 지쳐서 외로움을 못 느끼게 되면 외롭지 않아서 행복한 게 아니라 행복할 기회가 없어서 무기력해지고, 불행해지거든. 사랑했던 사람을 잃으면 그 사람의 잔소리마저 그리워지듯 외로운 것보다 외로움을 잃는 게 더 외로운 일인 거지."

사랑하는 만큼 감정으로 말하자

"언니 근데 제 휴대폰 봤어요? 어디 놨지?"

"맛있던데?"

"그게 무슨 소리예요."

"무슨 소리긴 내 소리지."

"아잇 정말. 언니는 무슨 맨날... 어, 찾았다."

"나 맨날 뭐?"

"언니는 진지한 얘기할 때 아니면 거의 먹을 거 얘기만 하잖아요."

"나 수영 못하거든. 열심히 먹어서 튜브 만들어야 돼."

"풉, 킥킥. 살찌지도 않았으면서."

"이 헐렁한 핏 안에 감추고 있는 게 많단다."

"그 거짓말 진짜인가요?"

"그럼, 이 거짓말 진짜지. 세상에서 가장 맛있는 음식이 먹고 싶다."

"어떤 거요?"

"음... 치킨?"

"언니는 치킨이 제일 맛있는 음식이에요?"

"응. 만약 닭이 엄청 희귀한 동물이고 치킨을 요리해서 파는 곳이 세상에 한 곳밖에 없다면 백만 원에 팔아도 잘만 팔릴걸?"

"치킨 맛있긴 하죠."

"맞아. 최고."

"언니 만약에, 제가 언니랑 같이 치킨 먹는데 다리 두 개 혼자 다 먹으면 어떻게 할 거예요?"

"칭찬하겠지. 시화는 살 좀 찌워야 돼."

"킥킥. 저는 애초에 물 근처도 안 가서 튜브 필요 없어요."

"그럴 수가..."

"킥. 근데 사실 저는 진짜 누가 닭 다리 두 개 다 먹어도 뭐라 못할 거 같아요. 서운하긴 할 텐데, 뭔가 쪼잔해지는 것 같은?"

"그럴 수 있지. 근데 그럼 나중에 후회할 일 생기기도 하던데."

"맞아요. 얘기 안 할 거면 차라리 완전 잊어야 되는데 계속 담아뒀다가 나중에 입 밖으로 나오더라고요. 오히려 당시에 바로 얘기하는 것보다 훨씬 쪼잔해진 기분도 들고, 지금까지 참았던 보람 하나 없이 친구랑 사이도 나빠지고..."

"스트레스 엄청 심했겠다."

"진짜요. 큰 잘못은 상대방도 쉽게 인정하니까 바로 말할 수 있는데 뭔가 소소한 잘못은 지적하기가 힘들어요."

"그런 부분이 있지."

"언니도 그래요?"

"난 그래도 이야기하는 편인 거 같은데?"

"그래요? 어떻게요?"

"그냥 섭섭하면 섭섭하다고. 나 사실 치킨 먹을 때 원래 퍽퍽살 좋아하거든? 근데 진짜로 누가 다리만 두 개 먹는다면 섭섭하다고 이야기하긴 할 거야."

"아, 괜찮긴 한데 왜 물어보지도 않냐고요?"

"응. 배려 있는 행동이 아니란 걸 느끼게는 해줘야겠지. 그렇다고 그 행동의 잘잘못을 따진다기보단 그냥 너가 나 배려 안 해줘서 서운하다고, 그런 식으로 이야기할 거 같아. 그렇게 큰 잘못도 아닌데, 잘잘못까지 따지는 건 좀 나쁜 거 같네."

"음? 어째서요? 잘잘못을 논리적으로 짚어줘야 제대로 이해할 수 있지 않을까요?"

"그 일은 사회와 상대 간에 일이 아니라 나와 상대 간에 일이잖아. 그냥 나 서운하다고만 해도 알아들을 일인데 군이 그 행동은 잘못된 행동이다라는 식의 비판을 하면 상대로 하여금 자신의 사회적 가치가 떨어지는 느낌을 받게 하지 않을까?"

"음... 그런가?"

"난 그럴 거 같네. 나의 약점을 잡은 사람이 무섭고 미운 건 아주 본성적인 거거든. 생존을 위한 방어 기제지. 그런데 군이 내가 너의 단점을 공식적으로 발견했다고 인식시킬 필요가 있을까? 그리고 효율 면에서도 그래. 사무적인 관계거나 이미 정떨어질 대로 떨어진 관계면 상대가 잘못했을 때 논리적이고 합리적으로 이야기할수록 상대가 잘 알아듣겠지. 상대가 내게 아무 감정도 없는데 감정으로 호소하면 뭐 어쩌라고 할 테니까. 그런데 서로 좋아하고 아끼는 사이라면 논리적인 말보단 서운하단 한 마디가 상대를 더 바뀌게 할 거 같아. 왜냐하면 논리적인 평가의 말은 애정 없이도 할 수 있지만, 서운하다는 말은 그 안에 기대와 애정이 담겨있는 거잖아. 듣는 사람도 느낄 수밖에 없겠지."

"으흠. 그러네요. 근데 그렇게 감정적으로 호소했는데 상대가 오히려 제가 비논리적이고 제 잘못이라는 식으로 얘기하면 어떡해요?"

"감정적으로 말하더라도 그 이유는 똑바로 전달해야지. 그래도 상대가 미안해하지 않는다면 가치관이 너무 다른 부분이거나 나를 그다지 아끼지 않는 사람일 거야. 설령 내가 틀렸더라도 상대가 나를 좋아한다면 내 서운한 감정을 존중해줄 테니까. 물론 그냥 기분 나쁘다고 비합리적인 짜증을 내는 건 상대와의 관계를 망가뜨리는 최선의 방법이겠지만."

사람은 고쳐 쓸 수 있다

"음, 맞네요. 근데 그런 거 있어요. 제 말이 확실히 맞는 문제, 심지어 상대도 자기 잘못을 인정하는 문제를 아무리 지적해도 절대 못 고치기도 하더라고요."

"맞아. 그런 경우도 있지."

"사람은 고쳐 쓰는 게 아닌 거 같아요."

"그런가? 가치관이나 신념적인 문제만 아니라면 그래도 노력으로 고쳐지던데."

"사람이요? 진짜 사소한 거나 극적인 경우 아니면 사람은 웬만해서 안 바뀌는 거 같은데."

"말 몇 마디로 바꾸려 하기 때문 아닐까?"

"그럼요?"

"그 사람이 내 앞에 나타난 그대로 처음부터 만들어진 게 아니라 십수 년, 혹은 수십 년 동안 조각되고, 쌓이면서 만들어진 거잖아. 만들어지는 게 그렇게 오래 걸렸는데 어떻게 쉽게 바뀌겠어."

"바로 그렇기 때문에 사람은 고쳐 쓰는 거 아니라는 말이 나오는 거 아닐까요? 내가 수십 년 걸려서 한 사람을 고칠 바엔 다른 고쳐진 사람 만나는 게 낫지."

"그렇다고 진짜로 수십 년은 아니고... 이런 거지. 일단 상대가 만약 그 행동을 고친다면 그것이 얼마나 큰 가치가 있고 멋진 일인지를 알려줘야 해. 선택은 상대가 스스로 하도록. 하지만 상대가 그 가치에 전혀 공감 못 하고 시큰둥한 경우도 많겠지? 그때는 그 사람이 뭔가를 고치기 위해 필요한 노력의 양만큼 그걸 고치길 바라는 나도 노력해야 되는 거야. 예를 들어 남편이 하루에 양치질 한 번만 하는 게 싫어서 두 번씩은 하게 하려면 나도 며칠에 한 번이나마 남편과 운동 같이하겠다는 협상 정도는 봐야지. 그 운동을 내가 아무리 싫어해도 말이야. 상대가 스스로 원치 않는 에너지를 더 쓰게 만들기 위해서는 그게 아무리 사소한 거라도 말 몇 마디가 아니라 나도 함께해야 하는 거야. 아니면 돈이라도 주던가. 그런 후에 상대가 고친 행동이 얼마나 가치 있는 것이고 얼마나 훌륭한 건지 다시 알려줘야지. 상대가 자기의 바뀐 행동에 좋은 느낌을 가질 수 있도록. 그 과정에 절대 비난이 있어선 안 돼. 단기적으론 효과가 있겠지만, 그 행동에 대해 상대는 안 좋은 감정을 느껴버리거든. 안 좋아하는 걸 어떻게 계속하고 싶겠어? 핵심은 그 행동을 상대가 좋아하도록 만드는 거야. 이렇게 몇 개월만 하면 나는 스리슬쩍 발 빼도 상대는 그 행동을 계속하던데? 물론 그렇게까지 안 해도 말 몇 마디에 행동을 고쳐주는 사람도 있겠지만, 그런 경우에도 그게 당연한 게 아니라 정말 놀라울 정도로 어려운 걸 해낸 거니까 감사한 마음으로 나도 그만큼 잘해주는 부분이 생겨야지."

"잘 모르겠어요. 상대 행동이 누가 봐도 잘못된 행동이라면 그걸 고치는 게 당연히 맞고 상대 스스로한테도 좋은 거잖아요. 당연히 고쳐야 될걸 고치는데 나도 그렇게까지 노력해야 하는 게 맞는 건가?"

"무슨 일이든 간에, 상대를 고치려고 하는 이유의 본질은 상대를 위함이 아니라 나를 위함이잖아. 보기 싫은 상대의 행동을 고치길 바라는 것도 내 마음을 위한 거고, 상대가 더 잘 됐으면 해서 하는 말도 결국 내 마음이 편해지니까 하는 거지. 상대에게 하는 모든 말과 요구가 결국 다 나를 위해 하는 거면서 노력 안 할 이유가 뭐 있어.”

“음... 하긴, 그건 맞죠. 그러네요. 모든 잔소리는 사실
내 마음이 편하려고 하는 거죠. 부모님의 잔소리도 결국
부모님 스스로의 속이 터지니까 잔소리를 하는 거고요.
심지어 선물을 주는 것도 본질적으로 따지면 상대에게
잘 해주고 잘 보이고 싶은 내 욕망을 충족하기 위해서
주는 거고...”

“맞아. 좋아하는 사람에게 잘 해주는 것도 결국 ‘내가’
좋아하는 사람이라서 잘 해주는 거니 역시 나를 위한 일
이지. 그리고 세상에 완벽한 사람은 없잖아. 상대방도
내게 많은 불만이 있지만 참고 있는 줄 어떻게 알아. 물
론 한 쪽이 더 많은 잘못을 하고 있을 수도 있지만, 사람
은 사람 하기 나름이란 말도 괜히 나온 건 아니겠지.”

“그러게요... 맞네요. 원래 사람은 남보다 자신에게 더
관대하잖아요. 서로 똑같이 잘못하는데 상대가 타인 수
용력이 더 높아서 그냥 무디게 넘어가 주는 걸 수도 있
겠죠.”

“그럴 수도 있겠지.”

“음... 그럼 이런 건 어때요?”

“어떤 거?”

"서로에 대한 불편한 점을 서로 고치는 것도 배려지만 고치는 대신 상대를 있는 그대로 이해해 주는 것도 배려 아닐까요? 상대가 불편해하는 내 어떤 점을 바꾸기 위해선 내가 불편함을 감수해야 하잖아요. 어차피 바꾸는 것도 불편하고, 가만히 냅두는 것도 불편할 거라면 그냥 가만히 냅두면서 서로 이해해주는 게 더 쉬운 배려일 수도 있을 거 같아요. 언니 말대로 완벽한 사람은 없을 테니 서로가 서로에게 분명 불편한 점이 있을 것이고, 정말 참을 수 없는 부분만 아니라면 그냥 서로 있는 그대로 이해해주자고 타협 보는 거죠."

"좋은데?"

"괜찮죠?"

"응. 근데 그래도 상대의 불편한 점이 있으면 몇 번 정도는 이야기하는 게 맞을 거 같아. 화내면서 이야기할 필요는 없고, 그냥 내가 그거 불편해하는 사람이라는 걸 상대가 기억할 정도로만. 그래야 서로 상대가 날 이만큼 이해해주고 배려해주는구나 하는 균형이 맞춰질 거 같네."

"오, 맞네요."

"근데 진짜 좋은데? 써먹어야겠다."

"희희, 저도요. 만약에 언니가 저랑 같이 살면 어디까지 이해해줄 수 있어요?"

"어디까지 불편하게 할 건데?"

"불 안 끄고 다니고, 막 언니 옷 몰래 입고."

"괜찮아. 더럽지만 않으면 돼."

"더러운 건 안돼요?"

"응. 더러운 걸 불편하게 보는 건 인성의 문제가 아니라 생물학적인 문제잖아. 이건 내 유전자가 지 살겠다고 보내는 신호 같은 거라서 적응하기 어려워. 내 물건 멋대로 쓰고, 심지어 물건 어지럽히는 것까지도 그런가 보다 적응할 수 있는데, 더럽고 냄새나는 건 못 참아."

"아... 전 언니의 그런 화법 가끔 적응하기 어려워요."

"그래도 이해해줄 거지?"

"킥, 그럼요."

모든 것의 끝은 결국 관계다

"언니, 저 요즘 데미안 읽고 있어요."

"데미안? 와, 되게 좋게 읽었던 책인데."

"오, 그래요? 주인공한테 감정 이입하면서 읽는데 진짜 프란츠 크로머 너무 무서워..."

"사실 너무 예전에 읽은 책이라 누군지 모르겠어. 결말이 엄청 인상적이었어서 결말만 기억나네."

"앗, 얘기하지 마요. 저 이제 초반 읽고 있어서. 주인공이 약간 깡패 같은? 그런 애한테 잘 보이려고 맹세까지 하면서 거짓말하거든요? 자기가 과수원의 사과를 훔쳤다고요. 그랬더니 그 깡패가 과수원 주인한테 일러바치겠다면서 협박하고 괴롭히는 부분 읽고 있어요."

"으음! 그렇게 들으니까 기억나는 거 같다."

"그래요? 이 부분이 미성숙했던 과거의 제가 겹쳐 보

여서 그런지 주인공이 너무 안쓰럽고 마음 아파요. 아주 조금만 더 솔직하고, 아주 조금만 더 세상을 넓게 바라보면 정말 아무것도 아닌 일일 수도 있는데... 어찌 보면 너무 별것도 아닌 일 때문에 자기 안에 갇혀서 스스로 고통받고 있는 게..."

"맞아. 나도 과거의 나를 돌아보면 참 불쌍하고 바보 같았다고 느낄 때가 많아."

"언니도요? 힝... 누구나 그러는 거겠죠? 누구나 어릴 땐 미성숙했을 테니까..."

"용서해야지. 모든 용서는 결국 나를 용서하는 거라고 생각해. 세상에 대한 분노는 세상에 상처받도록 내버려 둔 스스로에 대한 분노와 항상 함께 있는 거니까. 나 스스로를 사랑하면 비로소 세상을 사랑할 수 있다는 말도 이와 비슷한 맥락이겠지."

"진짜... 제 입으로 말하긴 뭐 하지만 저 참 많이 애썼던 거 같아요. 어떻게든 살아보겠다고... 그때의 저로 돌아갈 수 있다면 저 스스로를 정말 많이 다독여주고 용서해줄 거 같아요. 괜찮다고, 그렇게 큰일 아니라고..."

"에고... 우리 시화. 이리 와, 언니가 안아보자."

툭- 툭-

"흑. 제가 언니 덕분에 힘이 나요."

"나도. 시화한테 참 고마워."

"희희. 근데 그 시절 친구들은 어떨지 궁금해요. 나는 그렇게 어두운 터널을 지나왔는데, 걔네들은 같은 그 시절을 어떻게 회상하고 있을지."

"연락 잘 안 하니?"

"네. 지금 친구들은 성인 돼서 사귄 애들뿐이고, 어릴 때 친구들은 결국 연락 안 하게 되더라고요. 그때의 저를 기억한다는 것 자체도 싫고, 커갈수록 가치관이 달라지는 게 느껴져서."

"맞아. 그럴 수 있지. 모든 사람이 똑같은 방향으로 나아갈 순 없으니."

"그런 것도 있고... 그 시절에 그대로 머물러서 너무 철 없는 애들도 있었어요. 이런 애들이랑 계속 만나면서 시간을 낭비해야 하나? 차라리 집에서 영화 한 편을 더 보는 게 낫겠단 생각이 들 정도?"

"남과 다른 방향으로 뛰는 사람은 고독할 수밖에 없으니까."

"또 그렇게까지 말할 건 아니지만... 만약 정말 그렇다면 지금의 친구들과도 언젠간 멀어지게 될까요?"

"음… 이 이야기를 해보고 싶네."

"뭐예요?"

"내가 성숙하고 멋있는 사람이라서 함께 하는 사람들은 그들 역시 성숙하고 멋있는 사람들이겠지?"

"그럴 가능성이 높겠죠."

"응. 하지만 가끔은 내가 볼품없고 한심할 때도 변함없이 함께 해줄 사람이 그리울 때도 있어. 그런 사람은 어쩌면 그 역시 볼품없는 사람일지도 몰라. 그런데 삶은 결국 관계야. 우리가 성장하고 성취하고자 하는 모든 근본적인 이유는 관계 안에 있거든."

"…"

"젊어서는 보통 배우기 위한 친구를 많이 사귀지만, 결국 남는 친구는 공감할 수 있는 친구지. 관심사와 환경이 아무리 달라도 서로가 서로의 입장에서 공감하고 대화할 수 있다면 좋은 친구야. 대화만 통하면 아버지와 아들도 친구가 되는데, 친구의 조건으로 다른 게 뭐가 중요하겠어? 만약 내가 마지막 눈을 감을 때 누군가 곁에 있어준다면, 그 사람이 볼품 있는 사람인지 볼품없는 사람인지는 별로 중요하지 않을 거야. 그 사람이 나를 사랑하고, 내가 그 사람을 사랑하는가만이 중요하겠지."

"아…"

"시화는 젊으니까 좋은 사람을 고를 수 있는 시간도 많이 남았겠지. 그러니 관계에 대해 조바심 낼 필요도 없지만 그렇다고 너무 앞만 보고 달릴 필요도 없을 거 같아. 언젠가 넘어졌을 때 붕대를 감아주고, 업어줄 사람 몇은 있는 게 참 좋을 테니까."

"…지금 저한테 정말 필요한 얘기였어요. 감사합니다."

"기쁘네. 시화가 좋게 들어줘서."

"약간 눈물 날 거 같아요."

"그럼 나 여자나 울리는 여자가 돼버리는 건데."

"갑자기 쏙 들어가네."

"큽."

"…갑자기 부모님 생각이 나요. 제가 저를 정말 완전히 용서하게 된다면, 그분들도 용서할 수 있게 될까요?"

"물론, 용서라면 얼마든지. 하지만 화해는 부딪혀봐야 알겠지."

"그분들이 변했을 거란 생각은 안 들어요."

"시화가 변했잖아."

"그렇죠… 참 복잡하네요… 우주의 관점에서 보면 우리 모두 먼지 한 톨만도 못할 텐데… 그 넓은 우주의 작은 점인 은하계에서, 그 은하계의 작은 점인 태양과 또 그보다 훨씬 작은 지구에 살아가는 먼지 한 톨 주제에 왜 이렇게 고민이 많을까요? 먼지 한 톨이 아무리 꿈틀 대봤자 우주에 아무런 영향도 못 미칠 텐데, 그저 먼지 한 톨 하나 행복해하면 그만인 일인데, 참... 그게 복잡하네요."

"...하늘 한번 같이 볼까?"

"네."

"뭐가 보여?"

"아무것도. 태양이랑 구름밖에 안 보이네요."

"태양이 얼마나 커 보여?"

"아우... 동전 정도?"

"그렇지?"

"네?"

"나의 삶은 나의 관점으로 살아가는 거지? 나는 내 관점으로 세상을 보니까. 내 관점에서 태양은 고작 동전만 하고 태양보다 큰 별들이야말로 먼지 한 톨만 하지. 우주는 텅 비어서 내게 아무 존재감도 없어. 나에겐 내가 바로 우주인 거고 내가 사랑하는 사람들이야말로 커다란 은하인 거야. 그러니 내가 나 자신을 힘들어하고 주위 사람 한 명 한 명에 일희일비하면서 웃고 우는 게 당연한 거지. 시화 너에게 우주는 시화 바로 너야."

"흑... 흐윽..."

"아고."

"언니, 흑..."

"그래. 우리 이렇게 안고 있자."

"흑... 언니... 언니는... 제가 상상할 수 있는 가장 큰... 은하수 같은 사람이에요..."

"나도. 나도 시화가 나한테 그런 사람이야."

중년 이후는 새로 사는 삶이다

"관계에 대해서 다시 생각해보게 되네요. 언니 말이 맞아요. 제가 노력하는 모든 것들이 결국은 관계를 위해서인 거 같아요. 관계 속에 가장 많은 행복이 있겠죠."

"응. 이 현대 사회에선 관계에 눈이 멀어 개인적인 성취를 도외시하는 것도 안되지만, 성취에 눈이 멀어 관계를 도외시하는 건 목표를 위해 목적을 잃는 것과 같은 거지."

"네... 근데 사람이 참 어려워요."

"맞아. 하지만 관계도 공부하는 거니까. 다양한 사람들과 열심히 부대끼면서 성숙해지고, 그 과정에서 좋은 사람이 되고 또 좋은 사람을 만나는 거겠지."

"맞아요. 그런 거겠죠."

"그리고 관계의 행복을 꼭 사람 간에서만 느끼는 것도

아니야."

"음, 애완동물?"

"응. 동물, 식물, 신, 하늘에 있는 가족, 애착 인형 등 정서적인 친밀감을 느낄 수 있는 모든 것에서 사람은 관계적 행복감을 느낄 수 있어. 물론 쌍방으로 의사소통이 가능한 사람만큼은 아니지만, 너무 바빠서 사람 만날 에너지가 없을 때 외로운 나를 위안해주는 정도로는 참 유의미하지."

"그렇구나... 그러고 보니 저도 동물 좋아하긴 하는데 막 그렇게까지 키우고 싶다는 생각은 안 들어요. 전 관계 지향적이기보단 성취 지향적인 사람에 더 가까운 걸까요?"

"그럴 수도 있지. 사람마다 많이 다르니까."

"그죠? 언니는... 언니는 잘 모르겠어요. 딱 반반?"

"나이에 따라 또 바뀌기도 해."

"나이에 따라요?"

"응. 사람이 살면서 호르몬이 크게 변하는 시기가 두 번 있어. 사춘기 때와 갱년기 때야. 우리 전에 자아에는 내 유전자가 가진 본성적인 부분도 있다는 이야기했었지?"

"네."

"근데 호르몬이 그런 생물학적 본성에 영향을 줘. 그렇게 사춘기 때와 갱년기 때 변하는 호르몬의 영향을 받아 본성과 자아도 조금씩 바뀌지. 이때 관계 지향적인 사람이 성취 지향적으로 바뀌기도 하고, 성취 지향적인 사람이 관계 지향적으로 바뀌기도 해."

"헐, 진짜요?"

"응. 같이 생각해보자. 우리 자존감 이야기할 때 이상적 자아와 현실적 자아가 다를수록 자존감이 낮은 거라고 했지?"

"네."

"자존감이 낮으면 우울감에도 쉽게 노출되겠지?"

"그죠. 아...! 저 알 거 같아요. 사춘기 때 우울증에 많이 빠지는 이유가 자아가 달라지기 때문인 거네요?"

"응. 2차 성징 이전에는 그저 어른들의 보살핌을 받으며 잘 먹고 잘 노는 게 생존에 유리하지. 어른들에게 애교 부리고, 또래들과 놀면서 재능을 계발하고 성장하는 시기야. 그러다 2차 성징 이후에는 생식 기능이 활성화되고 독립해서 짝을 찾고 싶게 돼. 과거 인류의 평균 수명은 채 서른 살도 안 됐으니 사춘기 이후는 그야말로 완전한 어른이었어. 이쁨 받고 싶고, 보호 받고 싶던 본성이 옅어지고 대신 지금껏 계발한 재능을 본격적으로 발휘하고, 하나의 완성된 구성원으로서 인정받고자 하는 본성이 강해지니 그 중간 과정에서 자아가 충돌하는 거야. 내가 왜 이렇지, 내가 원하는 게 뭐지, 하면서."

"와, 재밌다... 그런 거였구나. 그럼 갱년기 이후는요?"

"인간 여성은 폐경기 이후에도 길게는 수십 년을 더 살지? 그런데 이건 모든 동물 중에서 아주 드문 경우야. 신체가 늙고 번식 능력을 잃은 개체가 식량을 낭비하면 더 많은 번식에 손해니까. 하지만 지능이 높은 동물의 경우 나이 든 개체가 가진 지식이 자기 자손들에게 이득이 되기도 하니 식량 소비를 감수하더라도 이른바 할머니들이 존재할 수 있게 되지. 생식 능력을 잃고 몸도 약한 개체가 생존 번식 게임에 직접 뛰어들면 내 자식들에게 손해만 끼칠 테니 그때부터는 내 유전자를 보유한 자식들에게 도움을 주는 간접적인 전략이 유전자 보존에 유리했을 거야. 그리고 결과적으로 내 유전자를 더 많이 퍼뜨릴 수 있는 이 똑똑한 전략은 계속 선택되어 우리한테까지 전달됐겠지."

"오... 재밌는데요? 그러니까 언니 말은, 갱년기 때 호르몬이 바뀌면 자식들한테 도움을 주고 싶어 하는 본성으로 바뀌게 된다는 건가요? 어, 그럼 관계 지향적으로 바뀌는 거네?"

"맞아. 그래서 사, 오십 대의 사람들이 유난히 우울증을 많이 겪는 거야. 그동안 성취 지향적으로 살면서 돈을 모으고 이룬 것이 많더라도 그것들이 어느 순간 부질없어 보이게 되니까. 성취 지향적인 태도로 키웠던 자식들에게 한없이 미안해지고 후회하게 되기도 하지만 이미 관계 회복이 아주 어려울 정도로 사이가 나빠진 경우도 많지."

"그렇구나..."

"그렇게 관계 지향적으로 바뀌면 젊을 때 관심도 없던 꽃과 나무가 예뻐 보이고 젊은 커플들을 최선을 다해 응원하고 싶게 돼. 젊은이들을 보면 뭐 하나라도 알려주고 싶어지지. 과거엔 현대에 비해 환경 변화가 거의 없었기에 노인이 쌓은 지혜는 집단 모두에게 유용한 진리와 같았을 거야. 그렇기에 그 나이에 새로운 기술을 습득하려하는 건 오히려 생존에 해가 되는 에너지 낭비니 배움을 싫어하게 되고 오래된 물건을 버리기 힘들게 되는 거지."

"와... 그렇구나. 현대 노인들의 꼰대라고 불리는 기질이 사실 과거엔 다 좋은 거였던 거네요."

"맞아. 하지만 세상이 변했잖아. 몇 년마다 기술이 바뀌고 심지어 사상과 정의도 바뀌어. 옛날 지식은 이제 그저 옛날 지식이고 지혜마저 옛날 지혜가 돼버리는 거야. 세종대왕님마저도 살아나셔서 당장 국어 수능시험을 본다면 높은 점수를 맞기는 어려우시겠지."

"앗... 아..."

"그렇게 사람이 관계 지향적이 되면 세상에 지혜를 나누고 사회에 기여하고 싶게 돼. 사명감이 생기고 그 사명을 지키는 삶을 살 때 가장 큰 행복을 느끼지. 하지만 현대의 세상은 너무 빨리 변하기 때문에 그러한 행복을 느끼기 위해서는 노인이 돼서도 세상이 어떻게 변하는지, 요즘 젊은이들에게 진정 어떤 이야기와 도움을 줘야 하는지 힘들더라도 끊임없이 배워야 하는 거야. 이러한 관계 욕구를 안 채우거나, 혹은 못 채우고 사는 사람은 결국 끝없는 공허함과 외로움을 겪어야만 해."

"와... 엄청 중요한 비밀을 들은 것 같은 기분이에요. 막연했던 미래의 안개가 좀 걷히는 느낌...? 근데 언니, 그렇다면요."

"그렇다면?"

"애초에 자기 수용력 높다는 건 내가 마치 남처럼 느껴질 때도 상처받지 않는 유연성이 높다는 거잖아요?"

"음, 맞지."

"그럼 그렇게 자신을 존중할 줄 알고 마음이 유연한 사람은 사춘기, 갱년기가 와도 우울감을 금세 털어버릴 수 있겠네요?"

"오, 맞아. 그래서 조건 없는 사랑이 참 좋은 거 같아."

"그건 무슨 얘기예요?"

"육아할 때 아이에게 조건부 칭찬을 하지 말라는 이야기 들어봤니?"

"네. 그냥 심심할 때 한 번씩 육아 정보 검색해서 좀 보고 있는데 그런 조언 많더라고요. 이쁘다고 칭찬하거나 잘했다고 칭찬하면 나중에 커서 잘하지 못하거나 이쁘지 못할 때 사랑받지 못할 거라는 두려움을 갖게 된다고..."

"오, 그런 걸 찾아보는구나."

"아니, 그냥 뭐..."

"시화 말이 맞아. 조건부 칭찬은 상대의 자존감 형성에 단기적으론 좋지만 장기적으론 좋지 않아. 사람이 모든 일을 항상 잘할 수는 없으니까. 잘못된 행동에까지 칭찬하라는 건 아니지만, 그래도 조건 없는 칭찬, 조건 없는 사랑을 많이 받은 사람은 자신이 뭔가를 못해도 그로 인해 사랑받지 못할 거란 두려움이 없으니 더 적극적인 삶을 살 수 있게 되고, 어느 상황에서도 스스로를 존중할 수 있게 돼. 굳이 조건부 칭찬을 한다면 실패에서도 배우는 모습이나 노력의 과정 같은 걸 칭찬하는 게 좋겠지."

"맞는 거 같아요... 저도 그런 사랑을 받았다면 훨씬 행복한 성장기를 보냈을 수도 있을 텐데..."

"이리 와. 안아줘야 돼."

"후잉..."

"함께 있는 것만으로도 좋은 시화. 고마워. 우리가 서로 조건 없는 사랑을 해주려 노력하자."

"네. 너무 좋아요."

그 누구도 자신을 미워할 이유가 없다

"언니, 저 알바 그만두고 취업하려구요."

"그래? 어디?"

"보조 작가 쪽이요. 눈을 좀 낮춰서 일단 작은 회사라도 빨리 들어가 볼 생각이에요. 어차피 이쪽 업계가 정규직, 계약직이 모호하기도 하고, 단순히 숫자적인 스펙이 아니라 저라는 사람 자체의 역량을 높여보고 싶어서요. 사람이든 일이든 최대한 겪어보려고요."

"좋네. 무슨 바람이 분 거야?"

"요즘 생각이 좀 많았거든요. 며칠 전 꿈에 돌아가신 할아버지가 나타나서 안아주셨는데, 잠에서 깨고 나니까 뭔가 그냥 다 잘 될 것 같은 기분이 들더라고요. 용기 좀 내보게요."

"그렇구나. 좋은 할아버님이셨나 보네."

"저한텐 할아버지가 진짜 부모님이셨죠. 아직도 꿈에 나타나실 때마다 꿈속에서 아 맞다, 우리 할아버지 살아 계셨지? 다행이다! 하고 생각하는데 꿈 깨고 나면 너무 허탈하고, 보고 싶어요."

"아... 그럴 때 진짜 눈물 나는데."

"맞아요. 하늘에서 저한테 신경 쓰지 말고 아무 걱정 없이 행복하게 지내셨으면 좋겠어요."

"왜 신경 안 쓰셨으면 좋겠어? 하늘에서 시화 보고 계신다고 생각하면 좋지 않아?"

"좋긴 한데, 제가 너무 엉망진창으로 살아서 보고 계신다 생각하면 죽고 싶어져요."

"저런."

"흑흑."

"뚝."

"힝. 언니, 언니는 영혼이 있다고 믿어요?"

"모르겠어. 하지만 있었으면 좋겠네."

"영혼이 있다고 믿을 때랑 없다고 믿을 때 사는 방식이 엄청 많이 달라질 거 같은데."

"그럴 수도 있겠지. 근데 나는 딱히 안 바뀔 거 같네."

"어떻게 안 바뀌어요? 저는 사후가 있나 없나의 믿음

차이가 사람들 신념에 가장 큰 차이를 만든다고 생각하는데."

"맞아. 삶에도 많은 영향을 미치잖아."

"근데 언니는 영혼이 있다고 믿든 없다고 믿든 안 바뀔 것 같다면서요. 특별히 따로 생각하는 게 있어요?"

"음... 있긴 하지."

"궁금해요. 벌써 설렌다."

"별로야. 너무 길어."

"오히려 좋은데요?"

"그렇게 좋은 이야기는 아닐 수도 있는데."

"듣고 싶은데..."

"음..."

"왜 그런 표정으로 보시는 거죠? 아... 혹시 언니 엄청 힘들었을 때 얘기면 안 해주셔도 돼요..."

"아니 그냥... 알았어. 그럼, 이야기해볼게."

"오, 넵."

"음... 시화는 만약 영혼이 있다면 우리가 태어나기 전 영혼에 선함이나 악함이 미리 정해져 있을 거라고 생각해? 어때?"

"안 정해져 있을 것 같아요."

"그래? 미리 정해져 있다고 하면 그건 운명론이겠지?"

"네. 영혼에 선과 악이 미리 정해져 있다면 아무리 선한 환경에 태어나도 악하거나, 아무리 악한 환경에 태어나도 선할 수밖에 없겠죠. 만약 천국과 지옥이 있다면 이보다 억울한 일이 있을까요?"

"그럼 운명론을 벗어나려면 영혼 같은 건 없거나, 있더라도 선과 악이 미리 정해져 있진 않아야겠네?"

"그쵸."

"그렇다면 우리의 선함이나 악함은 내가 타고난 유전자와 살아온 환경에 의해 결정되는 거겠지?"

"네."

"자, 그럼 사고 실험을 하나 해보자. 어떤 범죄자가 서울 한 골목에서 사람을 칼로 찔렀다고 생각해봐."

"네."

"이제 그 범죄자가 태어나기 전 과거로 돌아가서, 그 범죄자의 부모에게서, 그 범죄자가 태어날 때 가졌던 모든 유전자를 완벽히 똑같이 지닌 그 아기에게 내 영혼이 들어가서, 완벽히 같은 시간에 태어나고, 완벽히 같은 환경에서, 완벽히 같은 친구들과 같은 교육 등 모든 같은 경험을 답습하여 결국 서울 그 골목까지 오게 됐을 때, 난 과연 사람을 안 찌를 수 있을까?"

"...찌르겠죠."

"그렇지? 결국 영혼에 선과 악이 정해져 있건 말건, 영혼이 존재하건 말건, 우리의 삶은 운명적으로 다 정해져 있다는 거야."

"..."

"물론 오해하면 안 되는 건 있지. 이 운명론은 내가 어떻게 살든 만날 인연은 만나고, 어떻게 살든 수명은 정해져 있고, 어떻게 살든 성공과 실패가 이미 정해져 있다는 허무주의식의 운명론이 아니야. 당연히 우리에게 자유의지는 존재해. 우리는 자유롭고, 어떤 선택이든 할 수 있어. 내 미래는 분명히 내가 설계하고 개척해나가는 거지. 이건 분명한 사실이야. 하지만 그 어떤 미래든 간에 그 미래에 도달하는 순간, 그 미래는 내가 반드시 겪게 될 필연적이었던 것이 돼버릴 뿐인 거지. 내가 어떤 감정을 느끼고, 어떤 생각을 하고, 어떤 행동을 할지는 태어난 순간부터 죽을 때까지 완벽히 정해져 있는 거야. 만약 내가 어떤 행동을 한 뒤에 시간을 거꾸로 수백, 수천 번 되돌릴 수 있다 하더라도 신체에 저장된 기억 역시 소멸하여 과거로 돌아갈 테니 완벽히 똑같은 행동을 수백, 수천 번 반복할 뿐이겠지. 우리는 돈 많은 부모 밑에서 태어났거나 이쁘고 잘생기게 태어난 사람을 운 좋다고 표현하지?"

"네..."

"그런데 그걸 넘어서 우리가 당장 마약 중독자가 아닌 것, 혹은 아동 학대자가, 강간범이, 살인자가 아닌 것 모두 단지 운이 좋아서일 뿐인 거야. 범죄자들이 사회에서 벌을 받고 도태되는 건 그들이 본질적으로 악해서가 아니라 그들이 가진 성격과 행동이 지금 당장 이 사회에 해가 되고, 필요 없기 때문인 거야. 현대의 자연선택인 거지. 희대의 악인도 다른 어떤 시대에 태어났다면 영웅이 됐을 수도 있고, 희대의 선인도 다른 어떤 시대에 태어났다면 뒷골목 노숙자가 됐을 수도 있어. 소크라테스 같은 사람도 인류에게 필요한 사람이었을 뿐, 본질적으로 대단한 사람이 아니야. 누구라도 소크라테스 대신 소크라테스로 태어났으면 소크라테스가 됐을 테니까."

"언니가 왜 얘기하기를 머뭇거렸는지 알겠어요. 충격적이네요. 좀... 많이."

"여기까지 들은 이상 운명론은 이론 같은 게 아니라 부정할 수 없는 진실이란 걸 알게 된 거지. 이 진실 앞에 무기력해지지 않으려면 우리는 이 안에서 교훈을 찾아야만 해."

"계속 얘기해주세요."

"우린 결코 운명에서 벗어날 수 없음을 증명했어. 즉, 우리의 자유의지 역시 지금 이 순간엔 마음대로 행할 수 있는 것 같지만, 사실은 우리가 죽기 전까지 확정된 그 미래들을 그대로 따라가고 있을 뿐인 거지. 누군가가 끔찍할 만큼의 노력으로 얻은 위대한 결과물과 그 피 냄새나는 노력도, 누군가가 수많은 책을 읽고 시련을 겪어 얻은 마음의 안정과 그 길었던 극복의 시간도, 모두 그저 자신의 운명 안에 있던 거야. 그러니 내가 남들보다 돈이 많거나, 미인이거나, 머리가 좋다 해서, 혹은 남들보다 노력을 잘하거나, 성격이 좋거나, 타인과의 비교 없이 행복해할 줄 안다고 해서, 그것들이 내가 남들을 한심하다고 평가할 그 어떤 근거도 되지 않는 거야. 그 모든 것들은 이미 정해져 있는 운명, 운으로 얻은 거니까. 만약 시간적, 공간적인 이 물질 세상을 초월한 고차원의 관점에서, 이를테면 신의 눈으로, 우주 밖의 눈으로, 영혼의 눈으로 우리를 볼 수 있다면 우리의 삶 전체를 사진처럼 한눈에 볼 수 있을 거야. 그러니 만약 시간을 초월한 존재가 있다면 그 존재는 우리의 삶을 평가하지 않겠지. 이미 결말까지 정해져 있는 삶을 살 뿐인데 무슨 평가를 하겠어. 하더라도 평가가 아니라 감상을 하겠지."

"아... 삶이 운명적으로 정해져 있다는 건, 우리가 태어나는 순간 우리의 삶은 죽을 때까지를 포함하여 이미 통째로 찍힌 사진이나 다름없으니, 결코 수정할 수 없다는 뜻인 거네요."

"맞아. 만약 누군가 지금 이 이야기를 듣고 그렇지 않음을 증명하겠다며 돌발 행동을 한다 해도 그 또한 이미 다 운명적으로 정해져 있는 거지."

"처음에 그 범죄자 사고실험 결과를 깨뜨리지 못한다면 운명론에서 벗어날 방법이 없네요..."

"그런 거지. 만약 영혼의 개별적인 고유 성격이나, 어떤 우주의 시스템을 가정해서 범죄를 피할 가능성을 내놓더라도 그것들 역시 현실의 우리가 결코 통제할 수 있는 것이 아니니 본질적으로 운명론을 극복하지 못해. 그리고 더 중요한 이야기는 다음이야."

"네. 해주세요."

"모든 삶은 운명을 조금도 벗어날 수 없다고 했지. 그 말은 결국 어떻게 사는 것이 영혼적으로 더 나은 삶인가, 어떻게 사는 삶이 본질에 닿는 진정 훌륭한 삶인가 따위의 고민이 다 의미 없다는 뜻이야. 이미 완성된 사진을 완성하기 위해 어떻게 그려야 하는가를 고민할 필요 없듯이, 이미 내 운명이 삶의 끝까지 다 정해져 있는데 어떤 삶이 더 훌륭한 삶인가를 고민할 필요가 뭐 있겠어. 우리는 단 하나, 영혼적인 삶이든 영혼적이지 않은 삶이든 간에 그저 행복하게만 살면 되는 거야. 내가 행복을 희생해서 영혼적인 삶을 살든, 영혼적인 삶을 포기하고 세속의 행복에 몰두하며 살든, 그 모든 삶은 이미 운명적으로 정해져 있던 것이고, 그러니 그 어떤 삶도 다른 삶보다 나은 삶이 아닌 거지. 결국 세상엔 더 나은 삶, 더 훌륭한 삶 같은 건 존재하지 않고, 단지 더 행복한 삶만이 있을 뿐이야. 우리가 어떻게 살아야 하는가 고민해야 하는 삶의 목적이 오로지 행복일 뿐이라는 게 증명되는 거지."

"...허!"

"이해가 되니? 내가 말을 제대로 했는지 모르겠다."

"머리 아파요... 논리도 이해 가고, 무슨 소린지는 알겠어요. 하지만... 그러면 사람이 착하게 살아야 할 이유가 없잖아요. 제가 제 행복만을 위해서 다른 사람에게 피해를 주고 살아도 된다는 얘기처럼 들려요."

"하지만 시화 너가 그렇게 살지 않겠지. 그게 너에게 행복을 주지 않을 테니까. 시화 너가 선하게 사는 것이 행복하다면, 그게 바로 선하게 살 이유지."

"...모르겠어요. 선한 사람이 아니라면요? 인생이 너무 힘들어도, 그럼에도 불구하고 영혼을 믿으며 선하게 사는 사람들도 많아요."

"그렇게 사는 게 억지로가 아니라 행복해서라면 그것도 좋은 삶이지. 우리 전에 같이 이야기했듯이, 진정 선하기 위해선 그 어떤 이유라도 억지로 선해서는 안 되는 거니까. 억지로 선해야 할 이유가 없이 그저 선하고 싶어서 선한 것, 그것이 가장 아름다운 선함이고, 역설적이지만 바로 이게 우리가 바꿀 수 없는 운명에도 불구하고 선해야 하는 이유지. 내 하나뿐인 도화지에 아무 그림이나 그릴 수 있다 하더라도, 이왕이면 아름다운 그림을 그리고 싶잖아. 그거면 되는 거 아닐까? 그리고 시화가 알려줬잖아. 가장 행복한 사람은 결국 세상을 가족처럼 여기며 사는 사람이라고."

"...납득하기 힘들어요. 만약 어떤 끔찍한 악인이 언니의 논리대로 말하며 자기는 아무 잘못 없다고 한다면요? 그 악인의 당당함을 봐야 하는 피해자들을 대체 어떻게 위로할 수 있죠?"

"내가 운명론을 말한 건 운명론이 상대 입장에서 생각할 수 있게 해주기 때문이라거나 그런 이유가 아니야. 단순히 그것이 진실이기 때문에 말한 거지. 누군가 잘못된 행동을 한다면 얼마든지 비판하고, 반대하고, 용납하지 않아도 돼. 운명론은 타인을 위해서가 아니라 나를 위해서 받아들여야 하는 거야. 내가 나에게 잘못한 것, 타인이 나에게 저지른 잘못을 막지 못한 것, 부끄러운 실수, 후회되는 선택, 이 모든 것들이 결코 피할 수 없는 필연이었음을 인정하고 수용하기 위해서. 내가 어떤 잘못에 대하여 확실한 책임을 지고 앞으로 그 잘못을 하지 않겠다 다짐만 한다면 더 이상 자책감이라는 감정은 필요가 없는 거야. 똑같이, 남들의 잘못에 대해서도 그것을 비판하고 혼내되, 마음은 평온하게 할 수 있는 거야. 왜냐하면 남들의 모든 행동 역시 결코 피할 수 없는 필연이었으니까. 혐오라는 감정이 따로 존재하는 게 아니라 혐오 자체가 바로 불행이야. 어쩔 수 없는 필연에 불행을 느낄 이유가 뭐 있어? 단지 내가 앞으로 누릴 행복을 방해받지 않기 위해 용납하지만 않으면 그만이야. 우리가 느끼는 불행이란 감정은 과거 인류 생존에 도움됐던, 과거의 진화적 산물일 뿐이지. 이젠 불행을 활용하지 않고도 이성을 통해 더 나은 길을 갈 수 있는데 뭐 하러 쓸데없이 불행해야 해? 그리고 불행뿐만 아니라 우리가 느끼는 다른 감정들도 결국 자연선택의 진화적 산물일 뿐이고, 이러한 감정들은 모두 우리의 신체에서 나오는 거지. 만약 영혼이 존재한다 해도, 신체가 없는 영혼은 지구 같은 3차원 세상에서나 필요한 이런 감정들을 느끼진 않을 거야. 그러니 우리는 죽음을 두려워할 필요도, 또 이미 죽은 자들의 영혼이 나에게 실망할까 걱정할 필요도 없어. 영혼이 존재한다 해도 그 영혼은 생전에 이룬 것을 자랑스러워하지도, 생전에 이루지 못한 것을 아쉬워하지도 않을 테니까. 이제는 감정도 우리가 얼마든지 선택할 수 있는 것임을 이해하고, 모든 삶과 순간이 운명임을 이해할 때 우리는 그제서야 진정으로 자유로워질 수 있는 거야."

"…"

"사람은 그 누구라도 자신의 단 일부분조차 미워할 이유가 없어. 그 누구라도 그 누구로 태어났으면 그 누가 됐을 테니까."

이젠 너를 보낸다

"언니 오늘 즐거웠어요."

"나도."

"저는 터덜터덜 집에 갈게요."

"터덜터덜 가지 말고 행복하게 사뿐사뿐 가."

"음, 춤추면서 갈게요. 이렇게, 이렇게."

"아핫하, 좋네."

"가요 언니. 도착하면 연락 할게요."

"그래. 가다가 멋진 남자 있으면 추파 좀 던지고 해."

"에라이."

"킥킥. 아, 그리고 시화야."

"네?"

"나 이제 인도 가."

"네? 인도요?"

"응. 오래전부터 배우고 싶은 게 있었는데 시화랑 대화하면서 깨달은 게 생겼거든. 더 이상 머뭇거리고 싶지 않아서."

"무슨 소리예요 갑자기... 언제 가는데요?"

"모레 아침에."

"아 언니! 뭐예요!?"

"예전에 잠깐 말해줬던 거 같은데... 아니었나?"

"무슨 소리예요, 제대로 말해줬어야죠! 갑자기 뭐예요 진짜... 오늘 낮에라도 얘기해줬어야죠!"

"그냥, 시화랑 즐겁게 놀고 싶어서. 미안해."

"흑... 흐윽... 언니 미쳤어요 진짜..."

"에고... 미안해."

"잡지 마요! 언니 진짜... 흐윽... 너무 나빠요..."

"시화야, 괜찮아. 연락하면 되잖아. 우리 목소리 들으면서 자주 이야기하자."

"흐윽... 흑... 흑..."

"괜찮아, 괜찮아. 언니가 미안해. 자주 연락하자, 우리 시화."

"으흐윽... 흑... 큽, 흐으윽..."

"아고, 이런... 미안해 시화야. 괜찮아."

"흑... 인도 말은... 큽, 할 줄 알... 고요?"

"열심히 공부했지만 가서 더 배워야지. 응애."

"풉, 하... 진짜 이 언니... 커웅..."

"웃으면서 울면..."

"됐어요 진짜... 흑..."

"미안해. 시화 울어도 사랑스럽네."

"됐어요… 흐읍…"

"자주 연락하자."

"…몸 조심… 하구요."

"그래야지."

"…연락 진짜 자주 해요."

"그러자. 그래, 맞다. 이거 줘야지. 선물."

"뭔데요… 책?"

"응. 책 관심 있어 했잖아. 그냥저냥 읽어볼 만한 거 같
더라고."

"책 제목이… 그렇네요. 맞죠…"

"맞아."

"...잘 읽을게요."

"그래. 이제 가자. 시화 한 번 더 안아보고."

"전화 안 받기만 해봐요."

"그래. 목소리는 얼마든지 들을 수 있잖아. 자주 이야
기하자."

"네... 건강 잘 챙기고요... 언니도 외롭고 힘들 땐 연락
해줘요. 저는 여기 있을게요... 알죠?"

"응. 고마워. 들어가자 이제."

"네... 언니?"

"응?"

"사랑해요."

"응. 나도 나를 사랑해."

"이 언니 마지막까지..."

"킥, 들어가. 나도 이제 가게."

"네... 잘 가요."

"그래. 잘 가."

"가요."

"응... 시화야."

"왜요?"

"사랑해."

"네, 시화 언니."

나는 오래전부터 자신을 미워하는 사람이 미웠어. 그런 사람은 무슨 수를 써도 변하지 않는다고, 그런 사람과 함께 하는 다른 사람들도 불행해진다고 생각했어. 그런 면에서 너는 내가 가장 싫어하는 부류의 사람이었을지도 몰라. 그럼에도 불구하고 너를 지켜내려고 노력했어. 참 많이 힘든 일이었지. 그때 너를 다시 만난다면 어떤 말이 조금이나마 위로가 될까 하염없이 고민하며 이야기를 채웠어. 스스로 춥고 어두운 굴에 들어가 슬프다며 울던 네가 밖으로 나와 이 세상에 꽃과 햇살이 있음을 발견하는 걸 상상하면서.

이 이야기가 참 많이 힘들어했던 그때의 너에게 정말 도움이 될지 조금조차 자신할 수 없지만, 그저 단 한 명은 분명 있었다고, 너에게 정말 진심인 사람이 있었다고, 그걸 꼭 알려주고 싶다.

그러니 그대 역시 스스로를 사랑하길, 사랑할 수 있길 바랍니다. 그대를 사랑하고 있는, 사랑해 줄 사람들을 위해서. 그리고 그대를 위해서.

감사의 말

저의 구세주이신 최재천 교수님, 김주환 교수님, 모든 여러분, 그리고 사랑하고 존경하는 부모님과 저에게 이 책을 바칩니다.

늙지 않기에 힘든 우리

1판 1쇄 발행 2023년 5월 29일

   2쇄 발행 2023년 8월 21일

지은이 정시화

표지 블루앤피치 편집 유별리, 양보람 마케팅·지원 김혜지

펴낸곳 (주)하움출판사 펴낸이 문현광

이메일 haum1000@naver.com 홈페이지 haum.kr
블로그 blog.naver.com/haum1000 인스타 @haum1007

ISBN 979-11-6440-347-9 (03810)